SELECTED SHORT STORIES OF WILKIE COLLINS

ウィルキー・コリンズ短編選集

北村みちよ❖編訳
Michiyo Kitamura

彩流社

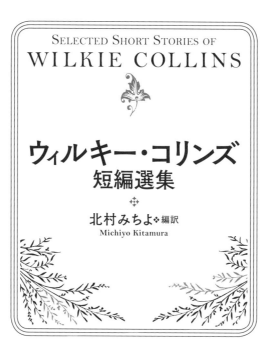

目次

第一話　アン・ロッドウェイの日記

THE DIARY OF ANNE RODWAY

一八四〇年三月三日

今日、ロバートから長い手紙をもらった。手紙を読んでとても驚き、どうしたものか困り果て、それからというものさっぱり仕事がはかどらない。彼は、前に手紙をくれたときよりも元気がないようで、アメリカへ旅立ったときにもまして貧しくなったからロンドンに帰ることにしたと言い切っている。

お金持ちになって戻ってきてくれるなら、この便りをもらってどんなにうれしかったろう。心から彼を愛しているけど、正直なところ、手放しでは再会を楽しみにできない。彼が失望して気落ちしているうえに前より貧しくなっているなんて、わたしたち二人の将来がどうも不安になってしまうもの。この前の誕生日でわたしは二十六歳になったところで、彼は三十三だけど、わたしたちが結婚できる見込みはいっそう薄くなっているような気がする。わたしは針仕事をして自分ひとり食べていくのがやっとだし、彼のほうは、三年前にちょっとした事務用品の商売で失敗してからは、わたし以上に、そんなこと可能ならだけど、お先真っ暗になっているのだから。

これほど心配しているのは何も自分のためではない。女性は、暮らしの中で、特にわたしは裁縫を通じて、男性よりもっと忍耐力を身につけていると思う。わたしが恐れているのは、ロバートが気落ちすること、そしてこの厳しい街ではわたしとの結婚資金を稼ぐのはもちろん、日々食べていくのさえ苦労することだ。だから貧乏人は所帯を持って幸せになりたいとはあまり望まないものだけど、正直で、元気で、働く意欲があるのにそんなこともかなわないなんてひどいと思う。先週の日曜の夕方、牧師さまは「何事も天の配剤です」と説教していた。われわれは皆、自分にもっともふさわしい身分に置かれているのですよ、と。教会が満員になるほど説教上手な紳士だから、牧師さまの言うことは正しいのだろう。あのときにただのお針子という身分にあるせいでひもじい思いをしていなければ、わたしはその説教をもっとよく理解できていたろうに。

三月四日

メアリー・マリンソンがお茶をしに部屋へやって来た。あなたに悩みがあるとしたらわたしにもあるのよということを示そうと、ロバートの手紙を少し読んで聞かせた。でもうまく励ませなかった。あたしは不幸な星の下に生まれた、物心ついて以来、感謝するような幸運に恵まれたことなんか一度もないんだから、とあの子は言うのだ。わたしは、鏡をのぞいてから感謝するものがないか判断するのね、と言ってあげた。何しろメアリーはとてもかわいい女の子だし、もっと明るくして、きちんとした格好をすればさらにかわいく見えるはずだもの。でも褒めてあげても、まるで役に立たなかった。あの子はスプーンで紅茶をカチャカチャかき混ぜながら、苛立たしげに言った。「アン、あなたみたいに縫い物が上手にできるなら、ロンドンで一番醜い子と顔を取り替えたってかまわないわ」 わたしは「まさか！」と笑って言った。メアリーはしばらくわたしを見つめると首を振り、わたしが立ち上がって止める間もなく、部屋を出ていった。あの子は泣き出しそうになると決まってそんなふうに逃げ出す。プライドがあるから、人に泣いているところを見られたくないのだろう。

三月五日

メアリーのことで怖い思いをした。同じ仕事場で働いてはいないので、あの子には一日会っていなかった。夜になっても、あの子はお茶をしに降りてこなかったし、自分の部屋へ来るように知らせもよこさなかった。そこでわたしは寝る間際におやすみを言おうと、上の階へ駆け上がった。ノックしても返事がないので、そっと部屋に入ると、メアリーはベッドで眠り込んでいた。縫い物はやりかけで、ものすごくだらしなく部屋中に散らかっている。それだけなら珍しいことではなかったので、忍び足で出ていこうとした。とそのとき、枕元の椅子に置かれた小さな瓶とワイングラスが目に留まった。メアリーったら、気分が悪くて薬でも飲んだのかしらと思い、瓶を見た。すると大きな文字でこう書かれているではないか。

《アヘンチンキ……毒物》

心臓が飛び出しそうなくらいドキンとした。わたしは両手でメアリーの体をつかみ、思い切り揺さぶった。あの子はぐっすり眠っていたけど、わたしにはゆっくりに思えたものの、たしかに目を覚ました。アヘンチンキを飲んだ人にはとにかく歩き回らせたほうがいいと聞いていたので、わたしはメアリーをベッドから引きずり出そうとした。でもあの子は拒んでわたしを乱暴に押しのけ、ぎょっとしたように言った。

「アンったら！　よしてよ。どうしたっていうの。気でも違った？」

「ああ、メアリー、メアリー！」わたしは瓶を持ち上げながら言う。「たまたま、わたしが来たからよかったけど……」そしてまた揺さぶろうとメアリーをつかんだ。

あの子は一瞬わけがわからないという顔をした。それからにっこり笑い（あの子がそんなふうに笑うのを見るのは久しぶりだ）、首に抱きついてきた。

「心配しなくていいのよ、アン。あたしには気にかけてもらう価値なんてないし、そんな必要もないから」

「心配する必要がないですって！」わたしは息を切らしながら言う。「心配しなくていいなんて。その瓶には毒物って書いてあるのに」

「全部飲めばそりゃ毒だけど」メアリーはとても優しくわたしを見つめながら言う。「少しならひと晩ぐっすり眠れるってだけよ」

あの子をしばらく観察した。今の話を信じてよいものか、はたまた家中に知らせるべきだろうか。でももう目はとろんとしていないし、声も眠そうではなく、何の支えもなしに楽々とベッドの上で体を起こしている。

「もう、すごくびっくりしたわ、メアリー」わたしはそう言うと、あの子のわきの椅子にすわった。このころには驚いたあまりに気を失いそうになっていたのだ。

メアリーはベッドから飛び起きて水を少し飲ませてくれると、キスしてきて、とても申し訳なく思うけどそこまで気にかけてくれるなんてもったいないわ、と言った。と同時に、わたしがまだ両手でぎゅっと抱えているアヘンチンキの瓶を取り戻そうとした。

「だめよ。元気がないし、やけになっているみたいだもの。こんなもの持たせられないわ」

「それがなくちゃ困るの」メアリーはいつもの静かなあきらめ口調で言う。「縫い物は満足に仕上げられないし、心配事が頭から離れないから、その瓶の中身をほんの少し飲まなくちゃ寝つけないのよ。取り上げないでちょうだい、アン。自分を忘れさせてくれる、この世で唯一のものなんだから」

「自分を忘れるですって！　まだ若いんだからそんなふうに言っちゃだめよ。十八歳の女の子が毎晩枕元にアヘンチンキの瓶を置いて眠るなんて、考えるだけで恐ろしくなるわ。みんな悩みはあるのよ。わたしにはないっていうの？」

「アンはあたしの倍早く、倍上手に仕事ができるから、縫い物が下手なせいで叱りつけられたり小言を言われたりすることもないけど、あたしは年中怒られてる。アンは毎週部屋代を払えるのに、あたしは三週間もたまってるの」

「もう少し練習して、もう少し度胸をつければすぐに上手になるわ。あなたの人生はこれから始まる……」

「終わるところならよかったのよ」とメアリーは口をはさむ。「この世でひとりぼっちだし、生きていたってしょうがないもの」

「そんなこと言うなんて恥ずかしいと思わない。わたしは友だちじゃないってこと？　お継母《かあ》さんのもとを離れてこの家に越してきたばかりのあなたを気に入って、それからずっと妹のように思ってきたのよ。あなたがひとりぼっちだとして、わたしはずっと幸せだとでもいうの？　わたしもみなし子だし、あなたと同じくらいたくさんの物を質に入れてるわ。あなたのポケットが空っぽなら、わたしのは今週いっぱいしか持たない九ペンスが入ってるだけよ」

「お父さんもお母さんも、ちゃんとした人だったでしょ」メアリーは後に引かない。「あたしの母さんは家出して、病院で死んだのよ。父さんはいつだって酔っ払ってたし、あたしを殴ってばかり。継母ときたら、気にかけてもくれないんだから、死んだも同然よ。たったひとりの兄さんは何千マイルも離れた外国にいて、一度だって手紙をよこさないし、これっぽっちのお小遣いさえくれたこともない。恋人は……」

　そこでメアリーは口をつぐみ、顔がぱっと赤くなった。このまま続けたら、メアリーの悲しい身の上話の中でも一番痛ましい部分に触れざるをえなくなり、あの子自身もわたしも無駄に苦しむことになるだろう。そこでわたしは言った。

「わたしの恋人はとても貧しいから結婚できないのよ。だからその点でもうらやましがることなんかないわ。でも、どちらが恵まれていないかで言い争うのはもうやめましょう。さあ横になって。布団をかけてあげるから。寝ているあいだに、あなたの縫い物、ちょっとだけやっておくわね」

言われたとおりにするかわりに、メアリーはわっと泣き出し（ひどく子供じみたふるまいをするところがある）、痛いくらい思い切り首に抱きついてきた。わたしは、あの子が疲れ切って横にならずにいられなくなるまでそのままにさせてあげた。でも寝つく前にあの子がこう言うのを聞いて、わたしは気の毒なような、怖いような気持ちになった。

「長いこと迷惑をかけるつもりはないわ、アン。心配してくれているような形ではこの世を去る勇気なんかないけど、あたしは惨めに人生を始め、惨めに終えるよう運命づけられているんだもの」

また説教しても無駄だった。メアリーはもう目を閉じていたからだ。できるだけきちんと寝具にくるんでやり、布団は薄いし、手は冷たくなっていたので、ペティコートも掛けてあげた。あの子の寝顔はとてもきれいで、か弱く見えて、あんな会話の後でそうした姿を見ているとすごく心が痛んだ。メアリーが夢の国にいることを確信できるまで待ってから、恐ろしいアヘンチンキの瓶の中身を炉の中に放り込み、やりかけの縫い物を手に取ると、そっと部屋から出ていき、その晩はもうあの子と会うことはなかった。

三月六日

ロバートに長い手紙を送った。お願いだからそんなに気を落とさないで、アメリカを離れるならもうひと頑張りしてからにして、と頼んだ。たいていの試練なら耐えられるけど、あなたが頼りないだめな人間になって戻ってきて、変化を求めるには年を取りすぎているのに、無駄に人生をやり直そうとするのを見て情けなく思うのだけはごめんだわ、と伝えた。

その手紙を出してからロバートの手紙を少し読み返してみてようやく、彼はそれを送ってすぐに英国に向けて出航したかもしれないという疑いが急に心をよぎった。そういえば手紙には、そんな無茶なことを考えているとほのめかしてあったような気がする。でもたしかにそうだとしたら、初めて手紙を読んだときに気づくべきだった。誤解ならいいのにと祈るしかない。わたしたち二人のために心からそう願っている。

今日はわたしにとって悲しい日だった。ロバートのことも、メアリーのことも気がかりでならない。あの子が寝る間際に口にした、「あたしは惨めに人生を始め、惨めに終えるよう運命づけられている」という言葉が心につきまとっている。あの子はふだんから物憂げな話し方をするけど、こんなふうに感じたのは初めてだ。アヘンチンキの瓶を見つけたせいだろう。メアリーのために何ができるか、これから何日もかけて一生懸命考えてみようと思う。二年前にこの下宿屋で出会ったとき、あの子には心引かれた。わたしは情が深すぎるタイプではないけど、あの子の役に立つためなら世界の果てまでも行けるような気がする。でも妙なことに、なぜそこまで好きなのかと訊かれても返事に困るだろう。

三月七日

わたし以外の目には触れないこの日記にさえ、こんなことを書くのは恥ずかしいけど、正直に白状すべきだろう。メアリーがまだ帰ってきていないので、夜中の一時近くに不安でたまらず起きている、と。

今朝、メアリーの仕事場まで一緒に歩いていき、今も元気な親戚について話してもらおうと努めた。というのも、会話中にメアリーから何か聞き出せれば、それなりの援助はしてもらって当然の人たちにあの子が関心を示すにはどうしたらいいかがわかるのではと考えたからだ。でも聞き出せたわずかなことは何の役にも立たなかった。メアリーは継母と兄についての質問に答えるかわりに、妙なことに、まずはずっと昔に死んだ父親と、その悪友ノア・トラスコットについて語り続けた。トラスコットは悪友のうちでも一番たちが悪く、あの子の父親に酒と賭け事を教えた男だ。それから兄について話をするよう仕向けると、紅茶の産地であるアッサムという場所へ行ったことくらいしか知らないの、と言われた。ここ何年間もまったく音沙汰がないので、兄が元気なのか、まだそこにいるのかさえ知らないそうだ。

継母については、無理もないけど、わたしが話題にしたとたん、メアリーはかっとなった。継母はハマースミスで食堂をやっているので、メアリーに適当な仕事を世話できたはずなのに、ずっとあの子を嫌い、虐待してあの子の人生を惨めにしてきたらしい。そこであの子としては家を出て、自力で食べていこうと努めるしかなかったわけだ。継母は、夫、つまりあの子の父親にひどい仕打ちを受けていたので、夫の死後、義理の娘に仕返しするという意地の悪いまねをした。こんなことがあってはとてもメアリーは家に帰れないし、あの子の立場なら、わたしみたいに、親戚から援助を得ずに何としても人並みの生活をしようともがき続けるしかないだろう。わたしはあの子にも正直に同じようなことを話しながらも、こう付け加えた。わたしの職場の雇い主たちは、あなたが今やむなく頼っている人たちより高い賃金を払ってくれるし、もう少し使用人を甘やかしてくれるから、あなたもうちの職場で雇ってもらえるよう力になるわ、と。

わたしは、うまくいく自信があるふうを装ってそう話すと、いつもよりも晴れ晴れとした気分でメアリーのもとを去った。あの子は今晩九時にお茶しに来ると約束してくれたけど、もう夜中の一時近くだというのに、まだ帰ってきていない。これがほかの子なら心配などしない。何か急ぎの仕事を頼まれて残業を強いられているものと決め込んで、寝てしまうからだ。だけどメアリーはやることなすことついていないし、あの子が語った物悲しい身の上話がずっと心に重くのしかかっているので、ほかの子なら気にならないところでも不安を感じてしまう。こんなことを考えるなんて弁解しようがないほどばかばかしいし、書き留めるなんてなおさらだ。でも、何だか心配でそわそわしている。何か事故でも……。

表の戸をけたたましくたたく音がしているけど、どういうこと？　外から、声や、ドタドタと足音も聞こえるのはどうしたっていうの？　下宿人が鍵を失くしたのかしら。でも胸が……何だって急にこんな臆病者になったんだろう！

また戸をたたく音がしたし、さっきより大きな声もする。玄関まで駆けていって、何なのか見てこなくちゃ。ああ、メアリー、メアリーったら！　あなたのことでまた怖い思いをしなければいいけど、悲しいことになりそうな気がする。

三月八日

三月九日

三月十日

三月十一日

ああっ！　これまでいろいろと大変な目に遭ってきたけど、今の苦しみに比べたら何でもない。子供のころから毎日欠かさず日記をつけてきたのに、この三日は一行も書けなかった。三日間ずっと、ロバートのことさえ一度たりとも考えなかった。ふだんならずっと考えているところだけど。かわいそうにメアリーったら！　あの晩、わたしはひとりで起きていながら最悪の事態を考えて心配していたけど、それよりもずっと恐ろしい災難が現実に起きてしまった。目は涙でいっぱいで、手はぶるぶる震えているのに、どうやって書いたらいいのだろう。昔からの日課を守るのが習慣だからというほかは、どうして今、机にすわっているのかさえわからない。そんなことはとてもできないくらい悲しくて怖くてたまらないのに。

あの恐ろしい夜、この家の人たちは眠っていてなかなか起きてこなかったので、真っ先に戸を開けたのはわたしだ。警官二人が、わたしにはどうも死んだ娘に見えるものを運んで入ってきたところ、なんとそれはメアリーだった！ そのときに感じたことをうまく書き表せないし、率直に話すほうがまだ簡単だけど、それさえままならない。わたしはあの子に抱きつき叫び声を上げた。その声を聞いて、家中の人がびっくりしたにちがいない。何しろ、みんなおびえて寝巻きのまま下に押しかけてきたからだ。一斉に大声で話すものだから、ものすごい騒ぎになったけど、あの子を自分の部屋に連れていきベッドに寝かすまでは、わたしには何も聞こえなかったし、見えなかった。メアリーにキスしようと気でも違ったみたいに身をかがめると、左のこめかみにひどく殴られたような痕が見え、と同時にあの子のかすかな息遣いが頬に当たるのを感じた。あの子が死んではいないと気づくと、わたしは我に返ったらしい。最寄りの医者の居場所を警官の一方に伝え、彼が出ていくとメアリーの枕元に腰を下ろし、頭を水で冷やしてあげた。メアリーは目を開けることも動くことも話すこともなかったけど、息はしていて、それはたしかに生きている証《あかし》になるから、わたしには十分だった。

部屋に残った警官は、大柄でだみ声の横柄な男で、ひどく冷酷なことに、おびえて黙り込んでいる人たちの前で話ができてうれしそうだった。酒場で作り話を披露するみたいにメアリーを見つけたときの様子を語り始めた。「お嬢さんは酔っていなかったと思うがね」

酔っていたですって！　これまでどんな精神に触れてこようと、生まれながらの淑女であったろうわたしのメアリーがまさか！　目の前で真っ青な顔をして身動きもできずにじっと横たわっている、哀れな苦しんでいる天使に対してそんなことを言うなんて、その男をぶってやりたいくらいだった。実際はにらみつけてしかいないけど、警官はまぬけすぎてどういうことか理解できず、同じことを言葉も変えず繰り返した。でもメアリーを見つけたいきさつは、かつて現実に耳にしたことのある悲しい話のようにごくごく短いものだった。彼らは少し先の通りの縁石に倒れているあの子を見つけると、すぐに警察署に連れていったそうだ。そこでメアリーの持ち物を調べたところ、わたしの名刺がポケットに入っているのを見つけ、この家に連れてきた。その名刺は、雇ってあげようと声をかけてくれるご婦人たちにわたしが渡したもののひとつだ。警官はこれだけ報告すれば十分だったのだ。あの子を見つけたとき、近くには誰もいなかったし、どうやってこめかみを打ったかを示す証拠は何もなかったらしい。

お医者さんが来るまでどれほど時間がたったことか。診察の結果、こんな状態では世界中のどの医師も役に立たないと聞かされて、なんてやり切れなかったことだろう。お医者さんはあの子に何か飲ませることさえままならず、意識を回復させようとすればするほど、望み薄になっていくようだった。こめかみの打った痕を診察すると、きっと何かの発作で倒れた拍子に、敷石に頭をぶつけ、致命的な衝撃を脳に受けたのだろうね、と言った。わたしは、夜中にメアリーの意識が戻ったのに気づいたらどうしたらいいんですか、と尋ねた。お医者さんは「すぐに使いをよこしなさい」と答えると、しばらく立ち尽くしたままあの子の頭をそっとなで、こうつぶやいた。「かわいそうに、こんなに若くてきれいな娘さんなのに！」　わたしはちょっと前には警官をぶってやりたい気持ちでいたのに、そのときにはお医者さんの首に抱きつきキスしたくなり、彼が帽子をつかむと手を差し出した。するととても親しげに握手してくれ、「期待してはいけないよ、お嬢さん」と言って、部屋を出ていった。

続いて下宿人たちも皆、黙ったまま呆然とした様子で出ていき、下宿屋の大家だけが残った。この男は、わたしたちのような貧乏人から高い家賃を絞り取ってのうのうと暮らしている卑劣漢だ。

「こいつは三週間も家賃を払ってないんだぞ」　大家は顔をしかめてののしるように言う。「まったく、どこから金をもらえばいいんだ？」　なんてひどい男だろう！

メアリーと二人きりになると思い切り泣いて、ちょっと落ち着いたような気がした。でも涙を拭いてまたはっきりあの子が見えても、回復している様子はまるで見られなかった。わたしはあの子の右手を取った。というのも、右手のほうが近くにあったからだけど、その手はぎゅっと握られていたので、指をほどいてあげようとしても少し時間がかかり、ようやく手のひらが開くと、中から何か黒っぽいものが落ちた。

手に取りしわを伸ばして目にしたものは、男性用首巻き《クラバット》の端っこだ。

それはくたびれて薄汚れた黒いシルク製のぼろ切れで、ライラック色の細い縞が格子状に走っているが、全体的にかすれ、しみがついて見えにくくなっている。クラバットの細いほうの端はごくふつうに縁がかがってあるものの、もう一方はぎざぎざだ。つまり、わたしが手にしている布切れは、クラバットから乱暴に引きちぎられたものらしい。それを見ていると体中がぞくっとした。何しろ、そのみすぼらしくて汚れたしわくちゃのクラバットの切れ端が、ありのままに言えば、こう語りかけているように思えたからだ。「あの子が死ぬとしたら、それは悪事によるもので、わたしがその証人だ」と。

メアリーが、わたしと二人きりのときにいつの間にか急に死んでしまうのではないかと心配で、それまでにも十分怖い思いをしていた。でも今では、いよいよそんな最悪の苦しみにいきなり襲われるのではないかともがき苦しんでいた。あの悲しい夜のあいだずっと、五分もたたないうちに体を起こし、あの子の口に頬を寄せてはかすかな息がまだ漏れているか確かめたと思う。恐ろしさのあまり、時には息が永遠に止まったような気がしたけど、あの子は最初のときと変わらず息を吸っては吐いていた。

教会の時計が四時を打ったちょうどそのとき、部屋の扉が開くのを見てぎょっとした。そこに現れたのは、雑働きの「ほこりまみれ《ダスティ》のサル」（この家の人たちからそう呼ばれている）だ。彼女は、ベッドのわきに腰かけているわたしのほうへとやって来た。自分のベッドから持ってきた毛布にくるまり、髪はぼさぼさで顔にかかり、目はとろんとしている。

「働く時間までたっぷり二時間あるもので」とかすれた眠そうな声で言う。「徹夜で看病なさっているあなたに代わろうと思って来たんです。じゅうたんの上で横になって少し眠るといいですよ。この毛布、使ってください。あたしは寒いのは平気ですから。そのほうが起きていられるし」

「サリーったら、なんて優しいんでしょう。でも悲しくてたまらないから、眠くも休みたくも、何もしたくないの。ただここで待って、メアリーが元気になるよう祈るほかはね」

「だったらあたしも待ちます。何かしないではいられなくて。待つしかないなら、待ちます」

そして彼女はベッドの足元にわたしと向かい合うように腰を下ろし、震えながら毛布を体にぴったり巻きつけた。

「そんなによく働くんだから、少しでもしっかり休みたいはずなのに」

「あなただけは別ですが」とサリーは言う。とてもぎこちなく、でもとても優しく、肉づきのよい片腕でメアリーの足を抱えるようにし、枕の上の、青ざめて表情の変わらない顔をじっと見ている。「あなたは別ですが、この家であたしをののしることも、悪口を言うこともなかったのは彼女だけなんです。あなたが日曜にプディングを作って彼女に半分あげると、決まって彼女はあたしに少し分けてくれました。みんなからは『ダスティ・サル』って呼ばれていますが、あなた以外には彼女だけが、お友だち付き合いをしているみたいにサリーって呼んでくれたんです。ここにいたって使い物になりませんけど、害にもならないでしょうから、あたしも寝ずに看病します。どうかそうさせてください！」

サリーはこう話しながらメアリーの足元に頭をぴったりすり寄せ、それきり何も言わなかった。一、二度寝てしまったのかと思ったけど、わたしが見るときはいつでも眠そうな目をしっかり開けていた。それから彼女はまったく姿勢を変えず、教会の時計が六時を打つと、メアリーの足を抱えていた腕に軽く力をこめ、黙ったままよろよろと部屋を出ていった。少しすると、彼女がいつものように台所で火を熾《おこ》すのが階下から聞こえてきた。

しばらくして、夜のうちに何か変化があったか確かめようと、お医者さんが朝食の前に来てくれた。これじゃ助からんなとでもいうような顔つきでメアリーを見ると、あとはもう首を振るばかりだった。信頼できる相談相手がほかにいなかったので、わたしはお医者さんにクラバットの端っこを見せ、それがあの子の手の中から出てきたときに頭をよぎった恐ろしい疑いについて話した。

お医者さんは言った。「それは大事に取っておいて、審問の際に見せるんだよ。手がかりになりそうかまではわからんが。もともと道に落ちていたもので、倒れた拍子に近くにあったから無意識につかんだってことも考えられるからね。この子は失神を起こしやすいほうだったかい?」

「いえ、それほど。働きすぎで、心配性で、貧乏暮らしがたたって病弱な女の子たちと同じくらいですが」

「あんなふうに強打したのは倒れたせいではないだろうとは言えんし」お医者さんはあの子のこめかみをじっと見たまま続けた。「ましてや、明らかに誰かに殴られたようだとまではとても断言できん。だがゆうべ、この子がどんな健康状態にあったか確かめることは大事だろう。どこにいたかわかるかい?」

わたしはあの子の仕事場を伝え、きっといつもより遅く働かされているんだなくらいに思っていたんです、と言った。

「今朝は往診に回るときにその辺りを通るから、ちょっと寄って尋ねてこよう」

礼を言うと、わたしはお医者さんを部屋から送り出した。彼は扉を閉めようとした瞬間に、また中をのぞいた。

「あの子、妹さんかね?」

「いえ、ただの親友です」

お医者さんはそれ以上何も言わなかったけど、扉をそっと閉めながらため息をついた。ひょっとして妹さんがいらっしゃったのに亡くなったのかしら? メアリーに似ていたりして?

お医者さんが去ってから数時間がたった。わたしは何とも言いようのない寂しさとふがいなさを覚え、ロバートが実際にアメリカから船に乗っていて、ロンドンに早く着いて、助けたり励ましたりしてくれたらなあ、と身勝手にも願ってさえいた。

部屋に入ってきたのはサリーだけだった。最初、彼女はお茶を持ってきてくれ、二回目と三回目はただ、何か変わったことがあるか確かめにのぞきに来て、ベッドのほうをちらっと見た。こんなに無口な彼女を見るのは初めてのことで、この恐ろしい出来事のせいで口が利けなくなってしまったかのようだ。こちらから話しかけるべきだったのだろうけど、彼女の顔にはどこかそうさせないところがあった。おまけにわたしはひどく心配していたせいで、二度と言葉が出てこないくらい、口がからからになり始めていた。気づかないうちにあの子が死んでしまうかもしれないという、ゆうべのあのぞっとするような不安にまださいなまれていたのだ。この打ち身の恐ろしい謎を解くことなく、わたしがぼろのクラバットの端っこを目にするたびに抱く疑いも永遠に晴らしてもらえないまま、何も言わずに死んでしまうかもしれない、と。

とうとうお医者さんが戻ってきた。

「例の布切れを見つけて抱いた疑いはもう捨てていいと思うよ。きみが想像していたとおり、この子は雇い主に遅くまで引き留められ、作業部屋で失神したそうだ。正気を取り戻すとすぐに、連中は浅はかで薄情なことに、気付け薬も飲ませないでこの子をひとりで帰らせたんだよ。こうした状況を考えると、ここに帰ってくる途中でもう一度失神したという説明が一番妥当な線だね。路上で倒れ、助けようと差し伸べてくれる優しい手もなかったのだから、衝撃をまともに受けてもっとひどい怪我を負った可能性だってあるだろう。哀れな娘が受けた冷酷な仕打ちはただ、作業部屋で放っておかれたことだってわけさ」

「もっともなお話なのは認めますわ」わたしはまだ納得しかねて言った。「でもひょっとしてこの子は……」

「お嬢さん、期待しないようにと話したよね」お医者さんは口をはさむと、メアリーに近づき、まぶたを持ち上げて目を調べ、こう言った。「なぜ頭を打ったのかまだ疑っているにしても、この子が説明してくれるという考えは捨てることだ。二度と話せはしないだろうから」

「死んではいませんよね！　ああ、死んだとは言わないでください」

「この子は痛いとも悲しいとも感じていないし、話すことも何かを見分けることもできやしないんだ。この子に残されている命に比べたら、そこらを飛んでいる弱々しい虫けらのほうが生気があるくらいだ。これからこの子を見るときは、もう天国にいるんだと思うようにしなさい。それが厳しい事実を話した後にわたしができる精一杯の慰めだ」

わたしはそんなこと信じなかった。信じられなかった。とにかくあの子が息をしている限りは、希望を捨てまいと心に決めていた。お医者さんが帰ってからまもなく、サリーがまたやって来て、わたしがメアリーの唇を聞いている（その行為をそう呼べるとしたら）のを見つけた。サリーは壁に近づき、そこにかけてあるわたしの小さな手鏡を取り外し、渡してくれた。

「それに息の跡がつくかやってみたらいいですよ」

そう、たしかに息の跡はついた。ほんのかすかにだったけど。サリーはエプロンで手鏡を拭くと、返してくれた。ついでにメアリーの顔に手を伸ばしかけたかと思うと、急に引っ込めた。まるで、メアリーのきめの細かい肌を、自分の荒れてごつごつした指で傷つけてしまうかもしれないと恐れているみたいに。そして部屋から出ていこうとしたが、ベッドの足元で止まり、メアリーの靴の片方に少しだけ点々とついている泥をこすり落とし、こう言った。

「手が黒くならないように、いつも靴をきれいにしてあげてたんですよ。脱がして磨いてもいいですか？」

わたしはうなずいた。あまりに心が沈んでいて話せなかったのだ。サリーは、ゆっくりとぎこちないながらも、優しく靴を脱がすと出ていった。

一時間かそこらたったろうか、またしてもメアリーの口の上に鏡を当てると、今度は跡がつかなかった。もっと鏡を近づけてみたところ、間違って自分の息で曇らせてしまったので、きれいに拭いてから、もう一度あの子の口の上にかざした。ああ、メアリー、お医者さんのおっしゃるとおりだった。あなたが天国にいると考えるべきだったんだわ！

何も言わずため息もつかず目も開けず、自分を死に追いやった打ち身についての真相を明かすことなく死んでしまったなんて！　わたしは誰かを呼ぶことも、泣くこともできないばかりか、鏡を下ろしてメアリーにお別れのキスをすることさえできなかった。目はかっかと熱く、手は冷えきったままで、そこにどのくらいすわっていたのかもわからない。そこへサリーが入ってきた。磨いた靴を、泥がつかないようにと慎重にエプロンにくるんで抱えている。その光景を見ると……。

これ以上はもう書けない。涙が紙にどんどん落ちていくので、何も見えやしない。

三月十二日

あの子は八日の午後に亡くなった。九日の朝、わたしは、義務感からハマースミスにいるあの子の継母に手紙を書いた。返事は来なかった。もう一度手紙を書いたけど、今朝、封をされたまま戻ってきた。メアリーが貧民葬儀で葬られようが、あの女には知ったことではないらしい。でも、たとえわたしが持ち物をすべて、羽織っているこのガウンまでも質に入れることになっても、絶対にそうはさせない。メアリーが貧困者収容施設《ワークハウス》によって埋葬されると考えるだけで、涙を拭き、葬儀屋へ行ってこの状況を伝える気力がわいてきた。ちゃんとした葬式をできるだけ安く上げるには全部でいくらかかるか見積もりを出してもらえたら、金を工面するよう約束しますよ、と葬儀屋に話した。葬儀屋は、ありふれた請求書みたいに次のような見積書を作ってくれた。

葬式行列全体	一ポンド十三シリング八ペンス
教区委員	四シリング四ペンス
教区牧師	四シリング四ペンス
教区書記	一シリング
寺男	一シリング
世話役	一シリング
鐘	一シリング

六フィート分の土地　　二シリング

総計　　二ポンド八シリング四ペンス

わたしがこの見積書について考えられるくらい元気だったら、教会が貧乏人を埋葬するために、シリングさえ大切な友人たちにそんなに細々とした費用まで請求しないでくれたらいいのにと思ったはずだ。でも愚痴をこぼしてもしかたない。すぐにお金をこしらえなくちゃ。慈悲深いお医者さんは、自身も貧しく、そうでなければ近所に住んでいないはずだけど、費用の足しにと十シリング出してくれた。検死官からも審問が終わった後に五シリングもらった。ほかにも援助してくれる人がいるかもしれない。たとえいなくても幸いなことに質に入れられる服や家具を持っている。さっさと手放さないと。葬式は明日、十三日に行われるのだから。

葬式、メアリーの葬式だなんて！　お金に困っているせいで気を張り詰めていられてよかった。悲しんでいる暇があれば、明日に立ち向かう勇気など出せなかったところだもの。

ありがたいことに死因審問には召喚されずに済んだ。医者と警官のほかに、あの子の職場の人間二人が証人になり、事故死という評決が下された。クラバットの先端が提出され、検死官は、それはたしかに疑いを抱かせるには足るものだと述べた。でも明らかな証拠を欠いていたので、陪審は、メアリーは失神して転んだ拍子にこめかみを打ったという医者の考えを支持し続けた。また彼らは、目の前で疲労のため失神したメアリーに、気付け薬になるブランデーを一滴も与えずにひとりで帰らせたと言って、あの子の職場の人たちを非難した。検死官も、報告書上で、そう非難されて当然だと思うと付け加えた。それから、わたしは、そんなわずかな手がかりでは調査などできないと警察に言われたので、クラバットの端っこは、頼んで返してもらった。警察がそう考えるのも、検死官や医者や陪審がそう考えるのも、もっともだ。でもこれまでのいっさいの経緯にもかかわらず、わたしは、メアリーのこめかみの打った痕には何かしら恐ろしい謎が隠されていると以前にもまして確信しているし、その謎は解明されるべきで、あの子が握っていたこのクラバットの切れ端を手がかりに、ついには真相が明らかになるかもしれないと思っている。なぜそう思うかと訊かれても、もっともな理由は言えないけど、わたしが審問に立ち会った陪審のひとりであったら、どう説得されようと、事故死などという評決に同意する気にはならなかったろう。

身の回りの物を質に入れ、それでもメアリーの葬式代に足りない分を補うために仕事場で給料を少し前借りさせてほしいと頼むと、明日に向けてできるだけ抜かりなく準備するための静かな時間を少し持てるところだった。ところがそうはいかなかった。家に帰ると大家が廊下でわたしを待っていたのだ。酔っていて、いつになく目つきも話し方も冷酷きわまりない。

「で、葬式代を払うなんてばかなまねをするつもりなんだな?」大家は開口一番そう話しかけてきた。

わたしは疲れ切って気がめいっていたので答えられず、ただ大家のそばをすり抜けて部屋に入ろうとした。

「あいつの葬式代が出せるなら」大家はわたしの前に立ちはだかって話し続けた。「法にのっとったあいつの借金くらい代わりに払えるだろ。三週間分も家賃をもらってないんだ。今度はその金を工面して、おれにくれるんだろうな？　はっきり言っておくが冗談じゃないぜ。本気で家賃を払ってもらうつもりさ。誰も払わないなら、あいつの死体を奪ってワークハウスに送りつけてやるぞ！」

恐ろしいやらうんざりするやらで、わたしは大家の足元にくずおれそうだった。でも何とか自制心を保って、どれほどショックを受けたかを大家に悟られまいとした。そこで思い切って、死んだ人間にそんな危害を加えるなんて、法律が許さないと思いますけど、と答えた。

「法律ってやつがどんなものか教えてやろうか！」大家は口をはさんだ。「おれに借金したまま死んだってのに、おまえは、あいつを生まれながらの淑女みたいに葬る金を集めるつもりなんだろ。そんなふうにおれの権利が踏みにじられて黙ってるとでも思ってるのか？　見てろ！　今夜まで考える時間をやろう。もし今日のうちに三週間分の家賃をもらえないなら、死んでいようがいまいが、あいつをハウス送りにしてやるぞ！」

今度はやっとのことで大家を押しのけて部屋に入ると、わたしはその男の目の前で扉に錠をかけた。ひとりきりになったとたん、涙がどっと出てきて息苦しくなり、気がおかしくなりそうだった。だが泣いたところで何の得にも助けにもならない。しばらくすると、努めて平静を装い、誰を頼って行けばいいか考えてみた。

わたしがまず思いついた味方は医者だが、午後はいつも往診に出ているのを知っていた。次に頭に浮かんだのは世話役だ。あの方は、審問のことでやって来たときにとても堂々とした近づきがたいタイプに見えた。でもその際に、きみはいい娘さんだねなどと少し話しかけてきて、わたしを哀れんでくれているようだとも感じた。そこで、大きな危機が迫って困っている今、世話役に訴えることにした。

実に幸いなことに、世話役は家にいた。わたしが大家からひどい脅しを受け、そのためにどれほど惨めな思いをしているかを切々と訴えると、あの方は足をどんと鳴らして立ち上がり、日曜にいつも身につける金モールつきの三角帽と、手元が象牙でできた長い杖を取りに人をやり、こう言った。

「やつをとっちめてやろう。ついておいで、お嬢さん。審問の際に、きみにいい娘さんだねって言ったはずだが、まだなら今言おう。さあ、やつをとっちめてやるぞ！　一緒に来なさい」

すると世話役は、三角帽をかぶり大きな杖を手にして大股で出ていったので、わたしは後についていった。

あの方はわたしの下宿先の廊下に足を踏み入れたとたん、杖を床にどんとたたきつけ、イングランド国王が人でなしを呼んでいるみたいにぐるっと見回しながら、「大家！」と叫んだ。「出てこい！」

大家は出てきて誰に呼ばれたかわかると、目は三角帽にくぎづけになり、顔は真っ青になった。世話役は言う。「よくもまあ、このかわいそうな娘さんを怖い目に遭わせたな。できないとわかっていることをするなどと言って、悲しんでいるこの子を脅すなんて何事だ。卑劣で弱い者いじめをする大ぼら吹き大家め。口答えするな。おまえの言うことなど聞くもんか。つるし上げてやるぞ。この娘さんにまた何か言うなら、この首都大司教区のお偉方の前でつるし上げにするからな。わしも、お偉方も、教区牧師も、おまえをずっと見張ってるぞ。われわれは、そこの角に建っているおまえの小さい店の外観も、一部の常連の風貌も、その風紀を乱しているところも気にくわないし、おまえ自身もどうも好きになれん。もう失せろ。この娘さんにちょっかいを出すな。黙ってろ。でなけりゃつるし上げてやる。お嬢さん、もしこいつがまた何か言ってきたり、じゃまだてするなら、知らせにおいで。必ずこいつをとっちめてやるから」

そう言うと、世話役は大きく咳払いをし、もう一度床を杖でどんとたたくと、わたしが口を開けて礼も言えないうちに大股で出ていった。大家は黙ったまま、こそこそ部屋に戻っていった。わたしはひとりきりになり、ようやくじゃまされずに、愛する友の葬式という、明日訪れる厳しい試練に備えて英気を養うことができた。

三月十三日

すべて終わった。一週間前、あの子はわたしの胸に頭をもたせて寝ていた。今では教会の墓地に葬られていて、墓の上には新しい土が厚く盛られている。一番の親友であり、愛しい妹のようでもあるメアリーと、この世では永遠に離れ離れになってしまった。

ひどく込み合った通りを抜けて、ひとりであの子の葬列についていった。サリーが連れていってほしいと申し出るものと思っていたけど、わたしの部屋に現れさえしなかった。このことで彼女を悪く思いたくはなかったし、気持ちを抑えられてよかった。というのも、教会墓地に着くと、墓穴のそばに立っている数人の中にサリーがいたからだ。ぼろぼろの灰色のショールを羽織り、継ぎはぎだらけの黒のボンネットをかぶっている。わたしに気づいていないようだったけど、牧師さまが祈りの言葉を読み終えていなくなると、話しかけてきた。

「一緒についていくわけにはいかなかったもので」とぼろぼろのショールを見ながら言った。「葬列に加わるのにふさわしい服を持っていないんです。あなたのように彼女のために泣いてすっきりできたらいいんですけど、あたしにはできません。ずっと前に涙は枯れ果ててしまったもので。家に帰っても火を熾そうなんて考えないでくださいね。あたしがやりますし、元気をつけてもらうためにお茶を入れますから」

彼女はもう少し優しい言葉をかけてくれそうだったが、世話役が近づいてくると、その方を恐れているみたいに後ずさりし、墓地を後にした。

「さあ、これを葬式代の足しにしなさい」世話役はそう言うと、わたしが払ったシリングを返してくれた。「内緒にしておいてくれよ。誰かの耳に入れば、商売上好ましくないと思われてしまうかもしれんからね。大家はあれから何も言ってこないかい。ないね。そうだろうよ。あいつはとても礼儀正しい男だから、わしに面倒をかけるようなまねはしないはずだ。ここで泣くんじゃないよ、お嬢さん。葬式に慣れている人間の忠告に従って、家に帰るんだ」

わたしは忠告どおりにしようとしたものの、みんながそろってあの子の墓から引き上げていくときに一緒にいなくなるのは、メアリーを捨てることになるような気がした。

土が投げ込まれて寺男が立ち去るまで辺りをうろついて待ってから、墓に戻った。ああ、心和ませる緑の芝生さえない墓が、どんなにがらんとしていて痛ましく見えたことか。山と盛られた土のかたまりを見て、その下に何が隠れているかを考えながらひとりでいると、死ぬことよりも生きることのほうがどれだけ大変に思えたろう！

すっかり絶望して家に帰らずにはいられなかった。サリーがわたしの部屋で火を熾しているのを見ると、心が少し安らいだ。彼女がいなくなると、ロバートの手紙をまた手に取り、今では世界で唯一となった関心事に思いを巡らそうとした。

読み返してみると、彼はわたしに手紙を書いてすぐアメリカを去ったのではないかといっそう思えてきた。悲しく寂しいあまりに、わたしは、彼が戻って来ることに対して以前とは違う新たな感情を抱いていた。分別と自制心はすっかり失い、彼が貧しいことなどどうでもよくなり、彼自身のことばかり気にかかり、戻って来てくれるかもしれないという期待だけが今のわたしには励みだ。こんなふうに思うなんて情けないし、彼が帰って来たところでわたしたち二人のどちらにもいい結果につながらないとわかっている。でも今となっては、愛情を注げる人間は彼しかいない。うまく説明できないけど、とにかく彼の首に抱きつき、メアリーについて話したい。

三月十四日

書き物机にクラバットの切れ端をしまった。相変わらず、ただそれを見るだけで思わず恐ろしい疑いを抱いてしまう。触れでもしようものなら震えてくる。

三月十五日、十六日、十七日

仕事、仕事、仕事。疲れ切ってしまわない限りは、あと一週間で前借りした分を返せるだろう。それから毎日の出費をもう少し切り詰めれば、一、二シリング節約できて、メアリーの墓に芝生を植えられるし、周りで花も少し育てられるかもしれない。

三月十八日

ロバートのことを一日中考えている。彼が本当に戻ってくるという兆しなのかしら？　そうだとして、ニューヨークから彼の現在地までの距離と、船が英国に着くのにかかる時間から計算すると、四月の末か五月の初めまでには再会できるだろう。

三月十九日

昨日は、一度もクラバットの切れ端が頭をよぎらなかったし、目にもしなかったはずだ。なのに、夜になると、それにまつわるものすごく変な夢を見た。その切れ端は長く伸びて、ロザモンド〔イングランド王ヘンリー二世の寵妃〕の部屋へと続く絹糸みたいに道しるべの糸となった。わたしはその糸をつかみ、少したどっていったけど、怖くなって引き返そうとした。でも気持ちとは裏腹に、先に進まざるをえないと気づいた。すると母さんも持っていて見覚えのある『天路歴程』の古い版画に描かれた「死の影の谷」のような場所へと導かれた。さらに休息も取らずにその糸をたどって何ヵ月もたったあげく、ふと気づくとメアリーのような瞳をした天使と向き合っていた。天使はわたしに言った。「もっと進み続けなさい。糸の端で真実があなたに見つけてもらうのを待っていますから」天使は瞳ばかりか声もメアリーにそっくりなので、わたしはわっと泣き出し、胸がどきどきし、頬はぐっしょり濡れて目が覚めた。どういうことなんだろう？　夢が現実になると信じるなんて、迷信にとらわれているのかしら？

＊＊＊

四月三十日

わたしはあれを見つけた！　このことがどんな結果につながるのやら。でも、メアリーが切れ端を握っていたクラバットそのものを見つけたのは、こうして日記の前にすわっているのと同じくらいたしかなことだ。ゆうべ見つけたけど、どきどきして神経が高ぶり確信が持てなかったので、すぐにはこのとても奇妙で思いがけない出来事について書き留められずにいた。これから書くことでその記憶を形にとどめておけるかやってみよう。

いつもより遅く仕事場から帰る途中で、前の晩に蠟燭《ろうそく》を買い忘れていたのを突然思い出し、何とかして手に入れないと今夜も暗闇で過ごす羽目になることに気づいた。行きつけの近くの店がもう閉まっているのは、行ってみなくてもわかっていた。そこで、最初に通りかかった蠟燭を売っている店に入ることにした。それはカウンターが二つある小さな店で、片側にはふつうの食料雑貨類が、もう片側には、ぼろ切れやら空き瓶やら古い鉄線が置いてあった。

店に入っていくと、食料雑貨類のカウンターには客が数人いたので、わたしは順番が来るまで誰もいないぼろ切れのカウンターのほうで待っていた。周りのがらくたを見回すと、カウンターの上に載っているぼろ切れの束に目が留まった。ついさっき持ち込まれたきりそこに放っておかれているみたいだ。ほんの軽い好奇心から近寄ってそのぼろ切れを見ると、古いクラバットらしきものが混じっているのに気づいた。直接それを手に取り、ガス灯にかざしてみた。黒ずんだ地に、ライラック色の線がぼんやりと格子状に走っている。両端を見ると、片方の端が引きちぎられているではないか。

これに気づいて息もつけぬほどびっくりしたけど、その驚きをどうやって隠しおおせたのかわからない。でも、ほかの客を接客し終えた店の男女から何が欲しいか尋ねられた際に、何とか声がうわずることなく、蠟燭をくださいと冷静に言えたのはたしかだ。

男が棚から蠟燭を降ろしているあいだ、怪しまれずにぼろのクラバットを手に入れるにはどうしたらいいか考えようとして頭がぐるぐる回転していた。チャンスに恵まれたばかりか、ちょっと機転を利かせてそのチャンスをうまく生かしたおかげで、次のようにしてたちどころに物にした。男は蠟燭を数えて出すと、女に包み紙をくれと言った。女は蠟燭を包むにはあまりにも小さくて薄っぺらな紙を取り出し、もっとましな紙を出せと男に言われても、今日の分の丈夫な紙はもう使いきったわよ、と答えた。男は女の不手際にかっとなった。二人が激しく言い争い始めたとたん、わたしはぼろ切れの置いてあるカウンターに引き返し、束からさりげなくぼろのクラバットを抜き取ると、できるだけ明るい口調を装って言った。

「まあまあ、わたしの蠟燭のせいで言い合うのはよしてください。このぼろ切れでくるんでから短いひもで縛ってくださいな。そしたら楽に持って帰れますから」

男は、丈夫な紙を出させないと気が済まないようだったけど、女は彼に仕返しする機会ができてうれしいらしく、男から蠟燭をもぎ取り、たちまち引きちぎられたぼろのクラバットで束ねた。男は、わたしの目の前で女に手を出すのではないかと心配になるくらい怒り狂っていたものの、幸い、ほかの客が入ってきたので、両手を穏やかかな、しかるべき用途に使わざるをえなくなった。

「あちらのカウンターに置いてある束には、ずいぶんいろいろな布が混じっているんですね」

わたしは蠟燭の代金を払いながら、女に言った。

「ええ、どれも、かわいそうな女が売りに出そうとためていたものなんですよ。その子にはぐうたらな人でなしの亭主がいましてね。女房にばかり働かせて稼いだ金を全部使っちまうんです」女は横にいる男を憎々しげに見ながら言った。

「ぼろを拾うくらいの仕事しかしていないなら、ご主人がお金を使うといっても知れたものでしょうね」わたしは言った。

「そんなことしかできないのは、何もあの子のせいじゃありません」女は少し怒ったように言う。「あの子は何だってやる気はあります。掃除婦の仕事から、洗濯、配膳、空家の管理まで、何でもござれですよ。腹違いの妹ですから、あの子のことはよくわかっています」

「掃除婦として働きに出られるってことですか？」わたしはその女性を雇いそうな人に心当たりがあるふりをした。

「ええ、もちろんですよ。あの子に仕事を世話してくれるんでしたら、職を探している働き者の貧しい女に情けをかけることになります。あの子はこの右手にあるミューズをちょっと入ったところに住んでいましてね。名前はホーリックといいます。誰にも負けないくらいの正直者ですよ。さあ奥さん、何にしましょうか？」

ちょうどそのとき別の客がやって来て、女の注意を引いた。わたしは店を出てミューズ〔馬屋の並ぶ路地〕へと続く曲がり角を通り過ぎながら、またその通りを見つけられるように名前を確かめ、できるだけ急いで家に帰った。不意に奇妙な夢を思い出したからか、あるいはそんな発見をしたショックのせいだろうか。なぜかわからないけど怖くなり、自分の部屋に逃げ込みたくなったのだ。

ロバートが戻ってきてくれたらいいのに！　ああ、今、ロバートが戻ってきたら、なんてほっとしてありがたいことだろう！

五月一日

ゆうべ帰ってきて、火を熾してから真っ先にしたのは、ぼろのクラバットを蠟燭から外し、テーブルの上でしわを伸ばすことだった。それからメアリーが握っていた切れ端を書き物机から取り出し、同じように伸ばしてみた。それはクラバットのちぎれたほうの端とぴったり合った。両方をくっつけてみて、間違いないと確信した。

一晩中まんじりともしなかった。熱のようなものに浮かされ、どんな危険が待ち受けていようと、この初めて発見したものでは飽き足らず、もっと詳しく知りたくてたまらなくなった。どうやらクラバットは今や、夢の中で見たような道しるべの糸になったみたいだ。わたしはその糸をたどることにした。今夜、仕事から帰る途中でホーリック夫人に会いにいこう。そう決心したのだ。

すぐにミューズは見つかった。背中の曲がった小柄な男が、パイプをくゆらせながらその角でのんびり過ごしていた。顔つきがどうも気にくわなかったので、男にホーリック夫人がどこに住んでいるか訊いてみる気にはなれなかった。でも、ミューズをちょっと入ったところで会った女の人に尋ねてみたところ、正しい番地に案内してもらえた。戸をたたくと、ホーリック夫人本人が出てきた。やせていて気難しそうな陰気くさい顔をしている。わたしはすかさず、どんな条件なら掃除婦として働いていただけるか尋ねに来たんですが、と告げた。彼女はわたしをしばらく見てから、実に丁寧に答えた。

そこでわたしは言った。「わたしみたいな見ず知らずの者にご自分のことを知られて驚いているようですね。ゆうべ、ひょんなことにご親戚の方から初めてあなたのことを耳にしたんです」

そしてぼろ切れの束を使うことになった雑貨店での一部始終から、ちぎれたぼろのクラバットで蠟燭を持ち帰ったいきさつに至るまで、何べんも話してあげた。

「あの人の持ち物が何かの役に立ったと聞くなんて初めてですよ」ホーリック夫人は毒づいた。

「何ですって！　あのぼろぼろのネッカチーフはご主人のだったんですか？」わたしは当てずっぽうで言った。

「ええ、亭主のネッカチャーのぼろ切れをほかのと一緒に布切れの束に放り込んでやったんです。亭主も放り込めたらよかったんですがね。どんなぼろ切れ屋にだって安く売ってやりますよ。ほら、あっちのミューズの端でパイプをくゆらせて突っ立ってるでしょ。ここ数週間も仕事にありつけない、ロンドン一怠け者で背中の曲がった豚野郎ですよ！」

するとと彼女は、わたしがミューズに入るときに通り過ぎたあの男を指さした。頬はかっかして、膝は震えてくる。クラバットの持ち主を突き止めるにあたって、新事実の発見に一歩近づいたのがわかったからだ。ホーリック夫人に別れのあいさつをし、来ていただきたい日にちを手紙で知らせますね、と言い添えた。

彼女の話を聞いて、実行するには空恐ろしい考えが浮かんだ。目まいがするとはどんなものか話には聞いていたけど、ミューズを引き返すとき、まさに聞いていたとおりに感じた。頭はふらふらし、まださっきの場所でパイプをくゆらせている背中の曲がった小柄の男の姿しか目に入らない気がした。しかもメアリーのこめかみを打った痕のことしか考えられなかった。たしかに朦朧《もうろう》としていたにちがいない。何しろ背中の曲がった男に近づいていくとき、そのつもりはないのに立ち止まってしまったのだから。ちょっと前まではその男と話すなんて考えてもいなかったし、どう話したらよいかも、どう切り出したら一番無難なのかもわからなかった。でも男と面と向かったとたんに、何かが自分からあふれ出てきて、そのせいでわたしは足を止め、あらかじめ考えることも前後の見境もなく、言葉が口をついて出る瞬間まで何を言おうとしているのかもわからないまま話していた。

「あなたの古いクラバットが二つに引きちぎられてから、一方はぼろ切れ屋にたどり着いて、もう一方はわたしの手に渡ったことはご存じですか?」

わたしはいきなり心ならずも、男にこんな大胆な言葉をかけていた。

男はびくっとし、目を見張り、血相を変えた。突然そう言われて驚いたあまりどう答えたらいいかわからず、口を開いたときには、わたしに話しているというより自分に言い聞かせているみたいだった。

「おまえはあの娘じゃないな」

「ええ」わたしは何だか胸が詰まりそうになりながら言った。「あの子の友だちです」

このときまでには男は気を取り直していて、必要以上に口を滑らせてしまったことに気づいているようだった。

「そりゃ、誰かしらの友だちだろうよ」男は乱暴に言った。「わけのわからんことをしゃべりにここに来さえしなければな。おれはおまえを知らんし、冗談を言われたところで理解できんね」

そう言い捨てながら、男はさっと背を向けて立ち去ろうとした。わたしが話しかけてから、一度もこちらをまともに見ていない。

あの一撃をくらわせたのはこの男の手だったのだろうか？　ポケットには六ペンス銀貨一枚しか入っていなかったけど、それを取り出して男についていった。持っていたのが五ポンド紙幣だったとしても、その状況では同じことをしていたにちがいない。

「ビールでも一杯飲めば理解してもらえますか？」わたしはそう言うと、男に六ペンス銀貨を差し出した。

「一杯くらいじゃ何にもならんな」男はいぶかしげに六ペンスを受け取りながら答えた。

「もっといいものもあげられるかもしれませんよ」そんなわたしの言葉を聞いて、男は目を輝かせて近づいてきた。ああ、わたしはどんなに脚が震え、頭がくらくらしていたことだろう！

「好意だと受け取っていいんだな？」男は小声で訊いた。

わたしはうなずいた。そのころにはどうしても言葉が出てこなくなっていたのだ。

「むろん好意だよな」男はひとりつぶやいた。「でなけりゃ、おまわりも一緒に来たはずだ。やったのはおれじゃないって、あの娘から聞いたんだな？」

わたしはまたうなずいた。まっすぐ立っているだけでやっとだ。

「あいつをつかまえて、一、二ポンド払えば表沙汰にはしないって、脅すつもりか。おまえがあいつをつかまえたら、おれの取り分はいくらだ？」

「半分です」

わたしは、このまま黙っていたら、何かおかしいと男が疑うのではないかと心配になっていたので、そう答えた。その悪党はまた目を輝かせ、さらに近づいてきた。

「ドッド通りとラッジリー通りの角にある《赤獅子亭》〔英国各地に見られるパブの名前〕まであいつを乗せてったんだ。店は閉まってたが、あいつは勝手口から中に入れてもらってた。亭主とは顔見知りみたいだったぜ。わかってるのはそれくらいだが、間違いないさ。あいつは夜に乗せた最後の客だったからな。次の朝、雇い主に首にされちまってね。金や運賃をちょろまかしたって言われたんだ。こんなことなら本当にやっておきゃよかったよ」

その話から、背中の曲がったこの男は辻馬車の御者だとわかった。

「何だって話さないんだ」男はけげんそうに訊いた。「あの娘がうそ八百を並べ立てたっていうのか？　帰って来たとき、何て話したんだ？」

「どう話すべきだったんですか？」

「おれの客が酔っていて、辻馬車に乗り込もうとしたときに、通りかかったあの娘がじゃまになった。まずそう話すべきだったんだ」

「で、それからは？」

「それで客が面白半分につまずかせてやろうと片脚を出すと、あの娘はよろめき、倒れまいとおれにつかまり、その弾みでぼろネクタイのくたくたになっていた端っこを引きちぎったんだ。あの娘が立ち上がったとたんに振り向きながら、『どういうつもりよ、この人でなし！』って言うと、客は『口を慎めって教えてやるつもりさ』と言い返した。それからこぶしを振り上げて……おい、どうしたんだよ。何だってそんな目で見るんだ。おれみたいな小さい男が、自分までやられてしまうくらいの大男に逆らってまで、あの娘に味方できるわけないだろうが。好きなだけ見るがいいさ。おれの立場ならおまえだって同じことをしたろうよ。こぶしを振り回し、さっさと馬車を出さないなら命はないものと思えなんて毒づかれたら、立ち去るしかないさ」

　男がかっかしているのはわかったけど、たとえ自分の命がかかっていたとしても、それ以上は男の近くにいることも、顔を見ることもできなかった。遠くから歩いてきたし、日頃は運動不足だから疲れてふらふらしているんです、としどろもどろながらも何とか言った。わたしがそう弁解すると、怒っていた男はただ不機嫌になった。わたしは男から少し離れ、明日の夕方もミューズの入口にいてくれたら、もっと話せるし、もっとたくさんあげられますよ、と付け加えた。男は、本当に戻ってくるかどうか怪しいものだと疑わしげにぶつくさつぶやいていた。そのとき、幸いにも警官が道の反対側を通りかかった。すぐに男はミューズの奥へとこそこそ歩いていったので、わたしは思うままに逃げられた。

帰り道はほとんど走ったのだろうということのほかは、どうやって家にたどり着いたのかわからない。サリーが戸を開けてくれ、わたしの顔を見たとたんに、どうされたんですか、と訊いてきた。「何でもないわ、何でもないのよ」そう言いながら部屋に向かおうとするわたしを呼び止めて、彼女は言った。

「少し髪をきれいにして、襟も正してくださいな。紳士がお待ちですから」

胸が大きく弾んだ。それが誰かすぐにわかり、気でも違ったかのように部屋へ駆けていった。

「ああ、ロバート、ロバート！」

そのちょっとした言葉で、わたしの心は彼のことでいっぱいになった。

「何てこった、アン、どうかしたのかい？　どこか悪いの？」

「メアリーが！　かわいそうに、死んだの、殺されたの、大切なメアリーが！」

それだけ言うと、わたしは彼の胸に倒れ込んだ。

五月二日

彼は運に恵まれず、失望したせいで少し悲しそうなものの、わたしに対する態度は変わっていない。相変わらず誠実で、優しく、穏やかな心からの愛情であふれている。こんなにも優しく同情的に、メアリーの死にまつわる話に耳を傾けてくれる人は、世界中どこを探したっていなかったろう。彼は途中で遮ることなく、わたしが話そうとしていたことを言い終えても、もっと詳しく話すように促してくれるほどだった。それに、話し終えるとまずかけてくれた思いやりのある言葉は、メアリーの墓に芝生と花を植えるのはぼくに任せてほしいという安心できるものだった。そう約束してもらえたとき、わたしは思わずひざまずいて彼を拝みそうになった。

誰よりも誠実で優しく立派なこの人が、いつも不幸だなんてありえないわ！　アメリカで成功するよう懸命に正直に努力したあげく、財布には数ポンドしかなくて戻ってきたことを考えると、頬がかっかとほてってくる。ロバートのような人がうまくやっていけないなんて、あの国の人たちは悪い連中にちがいない。今では彼は穏やかにあきらめたように、この大都市でまじめに働いて暮らしていけるなら、最低の仕事でもいいからやってみると話している。フランス語ができてあんなに美しい文章が書ける人なのに！　ああ、仕事を提供できる人たちがわたしと同じくらいロバートを知っていれば、彼はどんなにたくさん給料をもらえ、どんな立派な職についていることだろう！

わたしが昨日話したあの卑劣な人でなしと話をつけようと、彼がミューズへ出かけているあいだ、ひとりでこれを書いているところだ。

ロバートは、あの畜生の――とても人間とは呼べない――機嫌を取っておいて、メアリーが死んだことは伏せておくべきだという。酔っ払ってあの子を殴り殺した極悪人を見つけて裁判にかけるにはそうしたほうがいいと。犯人がつかまり、処罰されるのを確信するまでは、わたしが心安らぐことはないだろう。一緒にミューズへ行きたかったけど、ロバートは、残りの調査はぼくひとりで進めたほうがいいと言った。きみの体力も決断力も、すでにさんざん酷使されてきたのだから、と。わたしがこれまでにやってのけてきたことに対してもっとたくさん褒めてくれたけど、そこまで自分で書き留めるのは照れくさい。そもそも書く必要などない。彼からの褒め言葉は、生涯最後の日まで覚えていられるにちがいないのだから。

五月三日

ゆうべロバートはかなり遅く戻ってきて、何をしてきたか話してくれた。わたしが伝えた人相から、すぐにミューズの角で背中の曲がった男を見つけられたそうだ。とはいえ、あの臆病者は、見知らぬ人間、しかも男であるという理由でロバートに不信感を抱き、金の力を借りても、信じてもらうのは大変だった。でもこれがうまくいくと、あとはわけなかった。男はもっと金がもらえると約束されてうきうきし、すぐに《赤獅子亭》へ行って、「おれが辻馬車でここへ連れて来たやつは何者だったのか」と問いただした。ロバートは男についていき、通りの角で待っていた辻馬車の御者がもたらした知らせは、まったく思いがけないものだった。人殺しは——ほかの呼び名ではその男について書く気になれない——《赤獅子亭》まで馬車に乗ってきた夜に病に倒れ、そのまま寝込んでしまい、今も寝たきりになっているそうだ。病気になったのは酒の飲み過ぎのせいで、体ばかりか頭までおかしくなっているらしく、パブの連中はその現象を「恐怖《ホラー》」と呼んでいる。

この話を聞いたロバートは、自力でもっと探り出せないかと思い、二階のベッドで寝ている病人の友人に扮して、パブへ出向き質問することにした。そして大事な発見を二つした。まず、担当医の名前と住所を突き止めた。次に、バーテンをだまして人殺しの名前を聞き出した。その名前がわかったことで、メアリーの死というひどい災難が、ものすごく恐ろしいながらも興味深いものとなっている。メアリーと交わした最後の会話によると、あの子の父親は、ノア・トラスコットという人物の大酒飲みを真似たせいで破滅したらしいが、酔った勢いであの子を殺した男の名前もまた、ノア・トラスコットだというのだ。このすさまじい事実にはぞっとし、何か神がかり的なものを感じる。神の手によってあの店に導かれ、それが一連の発見につながったにちがいないとわたしは思っているし、ロバートも同じ意見だ。彼は、自分たちが悪行に対して正当な天罰を下す神の手先となったと信じていて、なけなしの金を払えば、この調査を法廷での最終決着へと持ち込めるだろうと話している。

五月四日

今日、ロバートは昔付き合いのあった弁護士に相談に出かけた。弁護士は、メアリーの死とその後日談について話を聞いて、あまり深刻に受け止めなかったものの、大いに興味を持ったようで、《赤獅子亭》で極悪人を治療している医者に宛てた親展の手紙をロバートにことづけた。ロバートはその手紙を届けた後、出直し、医者と面会した。医者の話では、患者は快方に向かっていて、十日から二週間もすれば起き上がれそうだという。ロバートからこのことを聞いた弁護士は、そのパブにしっかり見張りをつけ、最重要証人である背中の曲がった男については、今後二週間、必要とあらばもっと長く厳重に監視すると約束してくれた。そこでこの恐ろしい事件の進行はしばらく中断する。

五月五日

ロバートは、友人の弁護士のために複写するというささやかな臨時の職を得た。わたしはこのところの遅れを取りもどそうと、これまでになく針仕事にいそしんでいる。

五月六日

今日は日曜日なので、ロバートがメアリーの墓を見にいこうと誘ってくれた。親切を尽くすべき場合には精一杯のことをする彼は、時間を割いて、わたしたちが再会した晩にした約束を果たしてくれていたのだ。墓はすでに、彼の指示により芝生で覆われ、植え込みでぐるりと囲まれていた。花や低い墓石も、墓の下に眠っているわが亡き愛する友に、よりふさわしい場所となるように添えられることになっている。ああ、ロバートと結婚してから長生きできますように！　彼に恩返しする時間がたくさんほしい！

五月二十日

今日はわたしの勇気にとって厳しい試練となった。警察署で証言し、あの子を殺した極悪人に会ってきたのだ。

一度だけその男を見つめることができた。体がものすごく大きくて、ぼんやりした不機嫌で野獣のような顔を証言台に向けたまま、血走ったうつろな目でこちらを見つめているのだけがわかった。一瞬、わたしはその姿を直視しようとした。つまり一瞬、男を、そのしみだらけの顔を、白いものの混じった短い髪を、節くれ立った凶暴な右手をじっと見つめた。その手は、檻の縁にかけられた猛獣の足のように、目の前の手すりにだらりと垂れている。すると男に対する恐怖に襲われた。まず、男と向かい合っていることに、それから男が年を取っているのに気づいたことに対する二重の恐怖だ。わたしは顔をそむけ、目まいはするわ、むかむかするわ。おまけにぶるぶる震えた。二度と男のほうを見なかったし、証言が終わると、優しいことに、ロバートが外に連れ出してくれた。

尋問が終わって再会したロバートから、被告人は一度も話さなかったし、姿勢さえ変えなかったと聞いた。男は、野蛮人ならではの残酷な冷静さで身を守っていたか、あるいは、病気のせいで最近まで心身の機能が損なわれ、まだ完全に回復していないかのどちらかだ。警察判事は男が正気か疑っているようだったものの、医師の証言はこの疑いを晴らし、被告人は過失致死罪で裁判にかけられるために拘留された。

どうして殺人罪ではないの？　そう尋ねたわたしにロバートは法律の仕組みを説明してくれた。わたしはその説明を理解できたけど、納得はいかなかった。メアリー・マリンソンはノア・トラスコットに殴られて死んだのだ。それは神の目から見れば殺人なのに。どうして法律上でも殺人にならないのだろう。

六月十八日
明日は中央刑事裁判所《オールドベイリー》で裁判が行われる日だ。
日暮れ前にメアリーの墓を見にいった。この前見てから芝生は青々と育っていたし、花はとてもきれいに咲き始めている。あの子の名前と年齢が刻まれた低くて白い墓石の上には、一羽の鳥が止まり羽を整えていた。わたしは、鳥のじゃまにならないようにと近寄らなかった。墓に止まっている鳥は、生前のメアリーのように無邪気で美しく見える。鳥が飛び去ると、わたしは墓に近づいてしばらくすわり、そこに刻まれた哀悼の詩を読んだ。ああ、わが愛する友よ！　酔っ払いに殴られて十八歳で死ぬなんて、この世であなたがどんな悪事を働いたっていうの？

六月十九日

裁判があった。その様子についてわたしが直接見聞きしたことを書こうとしても、警察署での尋問のように、自分の証言中に起きたことに限られてしまう。今度は、警察判事の前で語った以上に話すことになった。尋問と反対尋問の合間に、メアリーや葬式についてこの日記で書いてきた詳細をほとんど話さなくてはいけなかった。陪審は、気遣わしげに、わたしの話す一言一言に注意深く耳を傾けた。最後に、判事がわたしの取った行動を称賛するような言葉をちょっとかけてくれると、法廷に居合わせた人たちから拍手が起きた。わたしはとても興奮していたので、外に出るのを許されたときには体中震えていた。

証人席に着くときも、退席するときも、被告人を見た。男の不機嫌な野獣のような顔は変わりなかったものの、警察署にいたときより心身ともに活発で機敏になっているように見えた。男の顔はぞっとするほど青くなり、息遣いは荒々しかったので、わたしがメアリーの名前を挙げて、こめかみの傷痕、というより殴られた痕について説明するあいだ、男のあえぎ声がはっきり聞こえるくらいだった。被告人について何か知っているか尋ねられたわたしは、メアリー本人から、あの子の父親を破滅させたのはその男だと聞いたと答えると、男はうめき声のようなものを上げ、両手でどんと被告席をたたいた。わたしが退廷する途中で被告人の下を通ると、その男はいきなり身を乗り出してきた。わたしに話しかけようとしたのか、殴りかかろうとしたのかはわからない。たちまち両側にいた看守がもとのように男をまっすぐに立たせたからだ。証言が続くにつれて（ロバートが話してくれたのだが）、男が迷信的な恐怖に苦しんでいる兆しがいっそう現れてきた。弁護士が立ち上がって話そうとしたそのとき、男はいきなり、一同を、審理に当たっている判事までも驚かせるような声でこう叫んだ。「やめてくれ！」

しばらく間があってから、一同の視線が被告人に注がれた。男は、水のように顔から汗を流していて、向かいにすわっている判事に両手で妙なぎこちない合図をすると、「もうやめてくれ！」とまた叫んだ。「親父を破滅させたのも、娘を死なせたのもおれだ。これ以上悪事を働かないうちにおれをつるし首にしてくれ！　頼むから首をつって殺してくれ！」この思いがけない中断によって生じた動揺がおさまったとたん、被告人は退廷させられ、男が正気かどうかについて延々と議論が続き、その件は陪審の評決に委ねられた。陪審は男を心神喪失とは認めず、過失致死の容疑に対して有罪を言い渡した。それから男は法廷に呼び戻され、終身流刑を宣告された。男はこの恐ろしい宣告を受けると、ただ必死にこう繰り返すばかりだった。「これ以上悪事を働かないうちにつるし首にしてくれ。頼むから首をつって殺してくれ！」

六月二十日

悲しい気持ちで昨日の日記を書き、今日になってもまだ元気が出ない。あの殺人犯にしかるべき罰が下ったのは何よりだ。でも、天罰というごく正当な行為が遂げられたと知ったところで慰めにはならない。法律はたしかにノア・トラスコットの罪を罰することはできるけど、メアリー・マリンソンを教会墓地の墓から起き上がらせてはくれないのだから。

法律について書くついでに、メアリーが目の前で殴り倒されても守ろうとしなかったあの冷血漢は、おとがめなしでは済まなそうだと記録しておくべきだろう。確実に出廷させようとあの男を監視していた警官が、前科があるために男に法的責任を問えると気づいたからだ。召喚状が発せられ、男は、証言してから退廷するとすぐに、警察判事の前に連行された。

この数行を書き終えて日記を閉じようとしていると、玄関の戸をたたく音がした。ロバートが家に帰る途中でおやすみを言いに来てくれたんだわ、と思って出ていくと、見知らぬ紳士が目の前に現れた。彼はすぐにアン・ロッドウェイに面会を求め、わたしが当の本人だとわかると、五分だけお話ししたいのですが、と言った。わたしは下宿屋の奥の狭い空き部屋に彼を通し、少し驚き、どきどきしながら話を聞こうと待った。

その紳士は肌が浅黒く、態度はまじめで、話し方は簡潔で毅然としていた。初対面だと確信してはいるけど、その顔にはどことなく見覚えのある気がする。彼はまずポケットから新聞を取り出し、ノア・トラスコットが過失致死罪の容疑で裁判にかけられたときに証言したのはあなたですかね、と尋ねてきた。わたしはそうですすと即答した。

「二年ほどロンドンでメアリー・マリンソンを探していましたが、ずっと見つかりませんでした。昨日、裁判の新聞記事を見て初めて消息をつかみまして」

彼はまだ冷静に話していたけれど、目を見ると内心では苦しんでいるのがわかった。わたしは急に不安に襲われ、すわらずにはいられなかった。

「メアリー・マリンソンをご存じだったんですか？」わたしはできるだけ落ち着いて尋ねた。

「ぼくはあの子の兄でして」

わたしは両手を握りしめ、絶望のあまり顔を隠した。彼がそんな単純な言葉を言うのを聞いただけで、どんなに心が痛んだことだろう！

「妹にとても親切にしてくださったんですね」彼は冷静に涙も流さず言った。「あの子に代わって、あの子のためにお礼を申し上げます」

「ああ、どうして外国にいたとき、メアリーに手紙をよこしてくださらなかったんです？」

「しょっちゅう書きましたよ。ただし手紙には、いつも仕送りを入れておきましてね。継母がいるってメアリーから聞いていましたか？　だとしたら、どうしてぼくの手紙があの子のもとに届かなかったか、お察しいただけるでしょう。あの女が妹の金をくすねていたのだと今わかりました。あの女は、メアリーの居所を聞いてないと言ってましたが、うそだったんですかね？」

家を出てから継母とは連絡を取ったことがないとメアリーが話していたのをわたしは覚えてい

たので、その女が本当のことを話していたと断言できた。

彼は一瞬黙り込むと、ため息をついた。それから財布を取り出し、こう言った。

「裁判にかかったであろう費用の支払いをするよう、すでに手配してきましたが、あなたがご親切に負担してくださった葬式代をお返ししなくてはいけません。こんなぶしつけな言い方をして申し訳ありませんが、金銭問題にかけては、事務的に扱うのに慣れているもので」

そして彼が財布から紙幣を数枚取り出そうとしているのがわかったので、わたしは彼を止めた。

「実際に払ったささやかなお金ならありがたくちょうだいします。裕福ではありませんし、意地を張ってお断りするのは、かえって失礼でしょうから。でもお札を出そうとしているようですけど、それでは返していただくべき額をはるかに超えてしまいます。どうかおさめてください。妹さんが大好きでしたから、そうしてあげたかっただけです。もうお礼は言ってくださいましたし、その言葉だけで十分です」

それまで彼は感情を隠していたものの、もはや抑えられなくなっているようだ。目つきはやわらぎ、わたしの手を取り、ぎゅっと握って言った。

「申し訳ありません。本当に申し訳ありません」

二人とも言葉が出てこなかった。わたしは泣いていたし、心の中では彼も泣いていたのだと思う。ついに彼はわたしの手を離し、努めて元の冷静さを取り戻しているようだった。

「わたしでお役に立てるお身内の方はいませんか？」彼は訊いた。「被告人の有罪判決につながった審問で、あなたを助けていたらしい青年のお名前を、裁判の証人の中に見つけましてね。彼はご親戚ですか？」

「いえ、今のところは……でも、できたら……」

「何ですって？」

「できたらいつかは、女にとって一番近くて大切な親戚になってくれたらと思っています」わたしは大胆にもそう言った。そうしなければ、彼がロバートとわたしの関係を誤解するのではないかと思ったからだ。

「『いつか』ですって？」と彼はわたしの言葉を繰り返した。「『いつか』なんて言ってたら、ずっと先になってしまいますよ」

「二人とも貧しいものですから。わたしたちが今より少しお金に余裕ができたらという意味で、『いつか』と言ったんです」

「その青年は教育を受けていますか？　人物証明書を出せますかね？　その名刺の裏に彼の名前と住所を書いてください」

言われたとおりに、わたしがとても褒められたものではない字で書き終えると、彼は別の名刺を取り出し、渡してくれた。

「明日には英国を発つつもりです。母国にとどまっている理由はもうありませんから。何か困ったことや大変なことがあれば、ありませんようにと神に祈ってはいますが、ロンドンのぼくの代理人を頼ってください。そこに住所が書いてあります」

彼は話し終えると、わたしをじっと見つめてからまた手を取った。

「あの子の墓はどこにあるんです？」いきなり口早にそうささやくと、顔をそむけた。

わたしは墓の場所を伝えて、芝生と花でできるだけきれいに飾っておきましたよ、と付け加えた。彼の唇は白くなり、震えていた。

「どうもありがとう。どうぞお幸せに」彼はそう言うと、さっとわたしを抱き寄せ、おでこにキスした。わたしはびっくりしたあまりテーブルにすわり込み、顔を隠した。顔を上げたときには彼はいなくなっていた。

❊❊❊

一八四一年六月二十五日
結婚式の朝にこの日記を書いている。ロバートが英国に戻ってきてから一年あまりたった。
昨日、彼の給料は年百五十ポンドにまで増えた。マリンソン氏の居場所がわかれば、わたしたちの今の幸せな様子について手紙に書いて伝えられるのに。あの方の親切のおかげでロバートが今の職を得ていなかったら、わたしたちはまだ今日という日が来るのをむなしく待っていたところだったかもしれない。

わたしはこれからは家で働くつもりで、サリーが新居に来て手伝ってくれることになっている。この日が来るまでメアリーが生きていたらよかったのに！　これほど恵まれていることに感謝しないわけではないけど、ああ、今朝は特にあの愛らしい顔を見られないのが寂しくてたまらない！

今日は早起きしたので、ひとりで墓へ行き、周りの花を摘んで、今、目の前にあるコサージュを作ることができた。ロバートが教会へ連れていってくれるときにこれを胸につけよう。生きていたらメアリーが介添人になってくれただろう。結婚式の日でさえ、メアリーのことを思い出さずにはいられない……。

第二話　運命の揺りかご

——ヘビーサイズ氏の切ない物語——

THE FATAL CRADLE

不満がありながら、それについて話したがらない人間など、どこを探したって見つからない。私もご多分に漏れずこの人間らしい習性を備えているし、不満を抱いているので、これからその話をしようと思う。落ち着いて哀れな物語に耳を傾け、生後五分の赤ん坊だった私を想像していただきたい。

私は大柄でがっしりしているから、赤ん坊の姿なんてとても想像できないとおっしゃるだろうか。たしかにそうかもしれないが、どうか二度と私の体重について触れないでいただきたい。体重こそが、わが人生最大の不幸を招いたのだから。まもなく聞いていただくが、体重のせいで、私は生後二日もしないうちに将来の望みをすべて断たれてしまったのだ。

この物語は、三十一年前の午前十一時から始まる。そもそもの大きな間違いは、航海中の商船アドベンチャー号の船内で、私がこの世に誕生したことだ。その船はジロップ船長の指揮する五百トン積みの銅張りで、ベテラン船医を乗せていた。

まずは、わが人生の中でも波乱に富んだ時期である、生後五分から十分の私を読者諸君に紹介し、話が長引いてご迷惑をかけないように、最初の歯が生えないうちには退散するつもりだ。ついては、伝え聞いた情報だけをもとに語ることをあっさり白状するが、それは信頼に足るものだろう。私の情報源は、アドベンチャー号の指揮者であるジロップ船長が送ってくれた手紙や、ベテラン船医であるジョリー氏が、実に冷酷なことに滑稽話として私のために綴った物語や、客室係のドラブル夫人が口頭で伝えてくれた話だ。この三人は、程度の差はあれ、これからお話しする出来事の目撃者である。もっとも、あきれた目撃者と言えるが。

当時のアドベンチャー号はロンドン発オーストラリア行きだった。ご存じだとは思うが、金の採掘が盛んになり名高い快速帆船が現れるのはずっと先のことだ。新たな植民地の建設と、内陸の奥での牧羊業の二つがその時代の主な勤め口だったので、われわれの船に乗り合わせた客は、大半が建設労働者か牧羊業者だった。

五百トン積みの船は貨物を満載しているため、大勢の客に一流の宿泊設備を提供する余裕はないものだ。だからといって、一等船室の身分の高い客が不平を言う理由などなかった。まとまった乗船賃を払えば、いわばえり抜きの集団でいられたからだ。あのとき、一等船室の客は四人のみだったので、一、二台は寝台が空いていたくらいで、使いたがる者もいなかった。この四人の名前と特徴をご紹介しよう。

建築投機に出かけようとしている中年男のシムズ氏、静養のために長い航海に出された病弱な青年紳士のパーリング氏、それから、ちょっとした資産家の若いスモールチャイルド夫妻だ。スモールチャイルド氏は牧羊業で資産を増やそうと考えていた。

彼は陸上では一緒にいてとても楽しい人間だ、と船長は報告を受けていた。だが、海上にいるスモールチャイルド氏には、ふだんとはいくらか異なるところがあった。船酔いしていないときは飲み食いしていたし、飲み食いしていないときはぐっすり眠っていた。ものすごく忍耐強く、気さくで、不意に吐き気に襲われると船室に走っていくのが驚くほど機敏だ。だが楽しい人間であるかというと、この航海中に彼が十語続けて言うのを聞いた者はいなかった。それも不思議はない。吐き気がすれば誰だって話せないし、飲み食いしているあいだも、睡眠中も話せないのだから。そんなふうにスモールチャイルド氏は過ごしていた。夫人にいたってはずっと船室に閉じこもりっきりだった。だが、彼女についてはじきに詳しくお話しするとしよう。

この四人の一等船客は、すでにお話ししたとおり、上等船室に泊まれるくらい裕福だった。だが、アドベンチャー号の船内ではどんなに順調なときでも粗末な場所にすぎない下等船室の惨めな客たちは、男も女も子供も皆、まるで囲いの中の羊みたいにごちゃごちゃと身を寄せ合っていた。もっとも彼らには、羊とは違って、新鮮な空気は平等に吹きつけてこなかったが。彼らは英国では成功できなかった職人や農場労働者で、その正確な数も名前もわからない。だがそれは問題ではなく、特筆すべき家族はただひとつ、ヘビーサイズ家だ。知的で教養豊かな大工の、サイモン・ヘビーサイズ、妻のスーザン・ヘビーサイズ、そして不幸な七人の子供たちといった面々である。おまえの両親と兄弟たちのことではないかと諸君はおっしゃっただろうか? 早まってはいけない! 状況を確かめるまで少し待っていただきたい。

厳密に言えば、私自身は船がロンドンを出航したときには乗船していなかったが、間違いなくわが不運は先にアドベンチャー号に乗り込んでいて、私を待ち構えていた。そしてその不運のせいで、どんな航海になるかは自ずと決まっていたのだ。

これほど悪天候の日が続くのは異例だった。荒天は羅針盤のどの方位からも迫っていて、その合間に日が差したかと思うと、方向の定まらない弱い風が吹いたり、大凪になったりした。アドベンチャー号が出航して三ヵ月がたつ頃までには、生まれつき柔和なジロップ船長は気難しくなりかけていた。九十一日目の朝に一等船室からもたらされたある知らせによって、彼の気分が改良されそうだったかどうかは諸君の判断に任せる。その日はまた大凪になっていたので、船はなすすべもなく横に揺れ、船首はくるくる向きを変えていた。そのときジョリー氏が甲板にやって来ると、船長にこう話しかけた。ジョリー氏の滑稽話から会話はすべてそのまま繰り返す。

「ちょっと驚かれるようなお知らせがありまして」ジョリー氏はにっこり笑ってもみ手をしながら言った。このベテラン船医はわが災難にあまり同情を示してくれていないが、その「陽気な《ジョリー》」という名前どおり彼の気立てがよかったことは否めない。今に至るまで、どれほどの悪天候に遭おうと、大変な仕事を抱えていようと、ジョリー氏は怒ったためしがない。

「順風がやって来るって知らせなら」船長はぼやいた。「この船に乗っている私としたらきっと驚くだろうよ！」

「やって来るのは風とはちょっと違いまして」ジョリー氏は言った。「新たな一等船客です」

船長はがらんとした海を見回した。陸は数千マイル先で、一隻の船も見えない。いきなりベテラン船医のほうを向くと、じっと見つめ、急に顔色を変えて、どういうことかと訊いた。

「つまりですね、五人目の一等船客が乗船するんですよ」ジョリー氏は満面に笑みを浮かべながら続けた。「スモールチャイルド夫人によって持ち込まれ、われわれの仲間に加わりそうでして。たぶん日の暮れるころでしょう。大きさは、どうでもいいですね。性別は、今のところわかりません。風俗習慣は、まあ、やかましいでしょうな」

「本気で言ってるのか？」船長は後ずさりしつつ尋ねた。見る見るうちに真っ青になっている。

「ええ」ジョリー氏は激しくうなずきながら答えた。

「だったらよく聞け」ジロップ船長は急にかんしゃくを起こし、大声で言った。「そんなまねはさせんぞ！　いまいましい天気のせいで、すでにさんざん苦しんできたんだからな。許すもんか！　先に延ばすんだ、ジョリー。おれの船にはそんなものを受け入れる場所はないってその女に話してくれ。こんなふうにわれわれみんなをだますなんてどういうつもりだ。けしからん！　実にけしからん！」

「いいえ、いいえ！」ジョリー氏は諭すように言った。「そんなふうに考えてはいけません。何しろ初めての子ですから、かわいそうに。あのご婦人にはわかるはずがありませんよ。もう少し経験を積めば、たぶん……」

「その女の亭主はどこだ？」船長は険しい顔で口をはさんだ。「とにかく亭主と腹を割って話してみよう」

ジョリー氏は懐中時計を見てから答えた。

「十一時半ですね。少し考えさせてください。ちょうどスモールチャイルド氏がいつも海に『借りを返す』時間ですよ。十五分もすれば終えるでしょう。それから五分後にはぐっすり眠ってしまいます。一時になると昼食をたらふく食べ、また寝ます。二時半にはまた海に借りを返し……夜までその繰り返しです。スモールチャイルド氏と話したところで、どうにもならないでしょうな、船長。変わった男ですからね。実に驚異的な方法で組織を消耗したかと思えば、絶えず修復するんです。われわれが海にもう一ヵ月もいれば、完全な昏睡状態に陥った彼を港に連れ帰ることになるでしょう。おや！　何の用かね？」

　医者が話しているあいだ、客室係の助手が後甲板に近づいてきた。妙な偶然だろうか？　この男もジョリー氏とまったく同じように満面に笑みを浮かべているではないか。

「下等船室でお呼びがかかっています」客室係の助手は医者に言った。「ご婦人の具合が悪くなりまして。ヘビーサイズさんですよ」

「ばかな！」ジョリー氏は叫んだ。「あっはっはっ！　まさか冗談だろう？」

「そのまさかです」客室係の助手はきっぱりと言った。

　ジロップ船長は黙ったまま絶望のあまり辺りを見回した。二十年ぶりに船の揺れに平衡感覚を失い、よろよろと後ずさりしたが、船の横腹でぴたりと止まると、舷檣《ブルワーク》〔甲板の両側に作られた側壁〕にこぶしをたたきつけるうちに、自分の思いをうまく伝える言葉を見つけた。

「この船は取りつかれているんだ」船長は半狂乱になってそう言ったが、医者が下等船室へと急いで向かいかけると、少し落ち着きを取り戻して「待て！」と叫んだ。「待つんだ！　それが本当なら、ジョリー、すぐにその女の亭主をこの船尾によこしてくれ。ちくしょう、せめて亭主の一方とは話をつけてやる！」船長はこぶしを激しく振り回しながら言った。

十分が過ぎた。それから静止している船の横揺れに合わせて、あちこちによろめきながら船長のほうへ歩いてきたのは、長身でやせ型の陰気な、明るい髪の男だ。鼻は筋が通って高く、瞳は淡い青色で、顔は大きな茶色いそばかすだらけ。この男が知的な大工で、妻と七人の幼子たちを連れて乗船しているサイモン・ヘビーサイズだ。

「ああ！　おまえだな?」と船長は言った。

船は急に大きく傾いた。すると、サイモン・ヘビーサイズは、にわかに甲板の反対側へとふらふら逃げていった。船長の質問に答えるくらいなら、そのまま海に落ちたほうがいいとでも言わんばかりだ。

「おまえだな?」船長はサイモンについていって胸倉をつかみ、舷檣に荒々しく押しつけると、そう繰り返した。「おまえの女房だろ。いまいましいやつめ！　おれさまの船を産院に変えるとはどういうつもりだ?　おまえは反逆行為を犯したんだぞ。でなくても反逆も同然だ。おれはもっとささいな理由で男に足かせをはめたことだってあるんだ！　おまえにもそうしてやろうか！　待て、のらりくらりしたうどの大木め！　まさか乗船するとは思いもしない客を連れてくるとは何事だ。つかまる前に何か弁解しておくことでもあれば言ってみろ」

「ありません」サイモンは船長の暴言をおとなしく受け入れてこう答えた。「たった今お話しされていた処罰について申し上げますと……すでに子供が七人いまして、どうやって養っていけるか途方に暮れているところに、さらに悪いことに八番目の子が生まれそうでして……失礼ながら申し上げたいのですが、私の心はとっくに捕らわれの身です。ですから、船長さんに体まで捕らえられたとしても、たいした違いはないと思います」

　船長は無意識に大工の襟を放した。その男が少し絶望的になっていたようなので、思わずほろりとした気持ちになったのだ。

「何だって海に来たんだ？　どうしてお産が終わるまで岸で待たなかった？」　船長は努めて厳しい口調で訊いた。

「待っていたって仕方ありません」　サイモンは言った。「わが家の人生行路では、お産は終わったかと思うと、すぐに始まるんですから。私の知る限り切りがありませんよ」哀れな大工は一瞬神妙に考えてから付け加えた。「墓場を除けばですが」

「誰が墓について話しているんですか？」　そのときジョリー氏は近づきながら大声で言った。「われわれがこの船上で扱わなければいけないのはお産ですよ。埋葬じゃありません。ジロップ船長、例のヘビーサイズ夫人ですが、今の容体を考えると、混雑した下等船室に置いておくわけにはいきません。空いている一等船室の寝台に動かしてあげないと。本当に、早いに越したことはありません！」

　船長はまたもや怒り始めていた。「特等室」に下等船室の客を入れるとは、航海の規律全体を乱すくらい異例なことだったのだ。船長は、心の中で足かせ用に寸法を取っているみたいに、もう一度大工をじろじろ見た。

「大変申し訳ありません」サイモンは丁重に言った。「申し訳ないことに、私や妻の不注意のせいで……」

「おまえの長い図体《ずうたい》と長い舌を引っ込めろ！」船長はどなった。「話すことでどうにかなるなら、またおまえを呼びにやるさ。ジョリー、あとはきみが指示してくれ」サイモンがよろよろと去っていくあいだ、船長はあきらめたように言った。「さっさとこの船を託児所に変えちまえ！」

ジョリー氏が実に迅速だったことに、五分後にはヘビーサイズ夫人が横になった姿勢で甲板に現れた。毛布にくるまれ、三人の男に支えられている。この面白い行列が通り過ぎるとき、英国婦人ではなく野牛がそばに運ばれてきたかのように、船長はいかにもおぞましそうにして、わきによけた。

船の下で二つ並んだ寝台は、両側とも主船室に通じていた。医者は、船首斜檣《バウスプリット》〔船首の前に突き出た円材〕に向かって左側にはスモールチャイルド夫人を、その向かい側、つまり右側にはヘビーサイズ夫人を寝かせた。次に、主船室の真向かいに帆布の仕切りが掲げられた。こうして作られた仮設の船室二つの小さいほうは、甲板につながる階段の近くに設置され、人目に触れた。大きいほうは医者と彼の秘儀にしかさらされなかった。間に合わせの揺りかごにするべく、使い古しの洗濯かごが空にしてきれいにされ、寝心地がよさそうに毛布を敷き詰められると、やがて奥の船室に運び込まれたが、必要とあらば容易に取り出せるように二つの寝台の真ん中に置かれた。これでジョリー氏の準備は見たところ万端整った。男性客は全員、甲板に避難し、医者と客室係の女は船の下部をじゃまされることなく自由に使えることになった。

ほんの昼過ぎに、天気は快方に向かった。このときばかりは順風がやって来て、アドベンチャー号はほぼ水平を保ちながら、その風を受けて愉快にすいすいと進んでいった。ジロップ船長は後甲板の男性客たち数人に混じり、実に優しい気質を取り戻し、食後は率先していつもどおり葉巻をくゆらせた。

「諸君、この好天が続けばここでの食事もうまくやりくりできそうだし、一週間もしたら、おまけの一等船客のおちびちゃん二人には、陸上で洗礼を受けさせてやれるだろう。母親たちが賛成すればの話だが。ねえ旦那、奥さんについてはどう思うかね?」

そう尋ねられたスモールチャイルド氏には、サイモン・ヘビーサイズと外見上似ている点がいくつかあった。彼はたしかにあまり背が高くもなければ、やせてもいなかったが、筋の通った高い鼻に、明るい髪、淡い青色の瞳をしている。海での彼の奇妙な習性について詳しく言えば、舷墻近くにうまいこと陣取り、必要に応じてすぐに船の横腹から頭を出せるように、山のように積んだ古い帆やクッションの上に上半身を預けていた。彼が眠ってもいないし、「海に借りを返し」てもいないときには、「組織回復」を促す飲食物が手元に置いてあった。それから三時を少し過ぎると、スモールチャイルド氏は船長の質問にいびきで答え、実に規則正しく、睡眠で元気を回復する時間がふたたび巡ってきたことを示した。

「あの男はなんて無神経なでくのぼうなんだ！」中年客のシムズ氏は、蔑むような目で甲板越しにスモールチャイルド氏を見た。

「彼のように海のせいでひどい目に遭っていたら」病弱な客のパーリング氏は言い返した。「あなただって無神経になるでしょうよ」

感情家のパーリング氏は、航海中ずっと、実務家のシムズ氏とはありとあらゆる問題で意見が食い違った。だが二人は、医者が下の船室からやって来るのを見て驚き、スモールチャイルド氏のことで言い争うのをやめた。

「下から何か知らせでもあるのかい、ジョリー？」船長は心配そうに訊いた。

「いいえ、何も」医者は答えた。「ここで午後をのんびり過ごしに来たんです。皆さんと一緒にね」

結局、ジョリー氏はきっかり一時間半のんびり過ごした。それから客室係のドラブル夫人がわけありげな顔で現れ、心配そうに医者にささやいた。

「すぐに下にいらしていただきたいのですが、先生」

「どっちだい？」ジョリー氏は訊いた。

「お二人ともです」ドラブル夫人はきっぱりと答えた。

医者は深刻な顔をし、客室係はおびえた様子だ。二人はすぐにそろっていなくなった。

「私が思うに、諸君」ジロップ船長は、パーリング氏、シムズ氏、そして一行に加わったばかりの一等航海士に話しかけた。「状況が変わった今となっては、スモールチャイルド氏を揺り起こしたほうがいいんじゃないだろうか。こんな場合は、いわば思いやりある心遣いとして、もうひとりの亭主も近くに待機させておくべきだろう。サイモン・ヘビーサイズにそう伝えるんだ。スモールチャイルドさん！　目を覚ましてくれ！　ほら、奥さんだよ……諸君、この男に今の状況をどう伝えたらいいかなんて、知ったこっちゃないからね」

「ああ。ありがとうございます」スモールチャイルド氏は寝ぼけ眼で言った。「いつもと同じビスケットと冷製ベーコンでお願いします。私の用意ができたらにしてください。まだですが。ありがとう。ごきげんよう」スモールチャイルド氏はまた目を閉じて、医者の言葉を借りるなら、「完全な昏睡状態」となった。

ジロップ船長がこの落ち着き払った客を起こすための新たな案を思いつかないうちに、サイモン・ヘビーサイズはまた後甲板に近づいてきた。

「さっきは少しきついことを言ってしまった」船長は言った。「この船上の様子が気がかりなもんでね。でも埋め合わせはさせてもらうから、心配無用だ。奥さんはいわば身重だからね。当然のことだが、あんたは奥さんに呼ばれたらすぐ聞こえる所にいるべきだ。ヘビーサイズさん、私はあんたを窮地に立たされた下等船客だと同情している。だから事が済むまで、われわれと一緒にここにとどまるのを快く許してやろう」

「なんてご親切なんでしょう」サイモンは言った。「船長さんを始め、皆さんには心から感謝しています。でもどうか思い出してください。下等船室にすでに七人の子供たちがいるってことを。私のほかに子守りをする者はいません。妻はこれまで七回も人一倍見事にお産を乗り越えてきまして。ですから、八度目もきっと同じように立派にふるまってくれると思います。ジロップ船長、皆さん、妻にとっては、私がじゃませず、子守りをしていると知れば満足でしょう。そういうわけで、失礼ながらこれでおいとまします」サイモンはこう言うと、敬礼し、家族のもとへと戻っていった。

「なんとまあ、諸君、とにかく亭主たちは二人ともずいぶんのんきに構えてるじゃないか！」船長は言った。「ひとりはいかにも慣れているし、もうひとりは……」

このとき下で船室の扉がバタンと音を立て、慌ただしい足音も聞こえたので、話し手も聞き手も驚き、一瞬黙って聞き耳を立てた。

「舵を取って船首を風上に向けるんだ、ウィリアムソン！」ジロップ船長は、舵手に向かって言った。「私が思うに、諸君。こんな状況では、船が縦に揺れないほどいいからね」

午後からやがて夕方に、そして夜になっていった。

スモールチャイルド氏は例によって時間どおりに航海生活の日課をこなした。ビスケットとベーコンを食べるとき、起こされて夫人の状況について知らせを受けたが、「借りを返す」時間がやって来るとまた状況を見失い、しばらく寝入るまでは把握していたものの、再び目を閉じるときには当然ながらまたわけがわからなくなっていた。夕方から夜早い時間にかけてはそんな調子だった。サイモン・ヘビーサイズは、船長の心配りのおかげで、安心しておくようにとの伝言を時おり受け、そのたびに、私は安心していますし、子供たちもかなり落ち着いていますと返事をしたが、自ら甲板に近づくことはなかった。ジョリー氏は時おり姿を見せて、「大丈夫です。変わりありません」と言うと、軽く飲み食いして、相変わらず上機嫌でまた下に戻っていった。順風がまだ続いていたので、船長は悠然と構えていた一方、舵手は実に不安げに心を配り、時おり船首を風上に向けた。十時になった。月は昇り、見事に輝いている。毎晩恒例のグロッグ酒が後甲板に現れ、船長は客たちにふるまったが、依然として何も起きなかった。不安のうちにもう二十分がゆっくりと過ぎ、それが繰り返され、そしてついに突如としてジョリー氏が階段を上ってきた。

後甲板にいた少数の人たちが驚いたことに、医者は客室係のドラブル夫人の腕をしっかりつかんで、船長や客にはいっさい見向きもせずに、目につく一番近くの席に彼女をすわらせた。そのあいだ、彼の顔は月光に照らし出され、驚いている見物人たちにうつろな表情を見せた。「落ち着きなさい、ドラブル夫人」医者はさも不安そうに言った。「黙ったまま風に当たるといい。冷静になってくれ。お願いだから、冷静になるんだ!」

ドラブル夫人は答えなかった。ぼんやりと膝をたたきながら、恐怖に取りつかれた女のようにまっすぐ前を見つめている。

「どうしたんだ?」船長はうろたえてグロッグ酒のグラスを置いた。「あの運の悪いご婦人二人がどうかしたのか?」

「どうもしませんよ」医者は言った。「二人とものすごく元気です」

「赤ん坊に異常でも?」船長は続けた。「予想外のことが起きたのか、ジョリー? もしや双子だったとか?」

「いえ、まさか!」医者は苛立たしげに答えた。「どっちも赤ん坊はひとりですし、男の子で、すこぶる元気ですよ。ご自分で判断してください」そこへちょうど下にいる新しい一等船客の二人が初めて思い切り叫んだので、元気な様子が実に申し分なく伝わってきた。

「だったら、おまえさんとドラブル夫人がどうかしたのかね?」船長はしつこく訊いた。またかんしゃくを起こしかけている。

「ドラブル夫人にも私にも罪はありませんが、これまで聞いたこともないような恐ろしい窮地に立たされてしまったんです!」それがジョリー氏の驚くべき答えだった。

船長は、パーリング氏とシムズ氏を従えておびえた形相で医者に近づいていった。舵手までもが、それからどうなるのか聞きたくて精一杯背伸びした。居合わせた人の中で興味を示していないのはスモールチャイルド氏だけだ。また眠りにつく時間がやって来たところで、ビスケットとベーコンをそばに置いて安らかにいびきをかいている。

「最悪の窮地とやらがどんなものか、今すぐ聞こうじゃないか、ジョリー」船長は少しじれったそうに言った。

医者は彼の頼みになど耳を貸さず、ドラブル夫人に全神経を注ぎ、「気分がよくなったかね？」と心配そうに訊いた。

「よくなってなんかいませんよ」ドラブル夫人は答えた。また膝をたたき始めている。「むしろ悪くなりました」

「よく聞くんだ」ジョリー氏はなだめるように言った。「少し簡単な質問をして、もう一度全体の状況をつかんでもらうようにするからね。注意深く私の言うとおりにして、じっくり考えて落ち着いてから答えれば、すべて思い出せるはずだ」

ドラブル夫人は黙ったままおとなしくうなだれると、耳を傾けた。後甲板にいた一同も皆、聞き耳を立てた。眠っていて何も理解できないスモールチャイルド氏は別だが。

「さあ、きみ！」医者は言った。「この災難は、船の右舷側にあるヘビーサイズ夫人の船室から始まったんだね？」

「そうでした」とドラブル夫人。

「いいぞ！　私たちはヘビーサイズ夫人（右舷側）とスモールチャイルド夫人（左舷側）のあいだを何度も行ったり来たりしたね。だが先に産気づいたヘビーサイズ夫人が先にお産を終えた。それで私が『ドラブル夫人！　元気な男の子だ。受け取りに来てくれ！』と叫んだが、それはたしか右舷側だったね？」

「そうです……誓って言えます」ドラブル夫人は言った。

「いい調子だ！　『元気な男の子だぞ。受け取って、揺りかごに寝かせてくれ』と私が言った。それできみはその子を受け取り、揺りかごに寝かせたね。そのとき、揺りかごはどこにあったかな？」

「主船室です」ドラブル夫人は答えた。

「そのとおり！　主船室だ。寝台船室のどちらにも置くスペースがないからね。きみは右舷の赤ん坊（ヘビーサイズ）を主船室にある洗濯かご兼揺りかごに寝かせたんだ。今度もよくやったぞ。揺りかごはどう置かれていたのかね？」

「船の向きと交差するようにです」とドラブル夫人。

「船の向きと交差するようにだって？　つまり、揺りかごの長い側面の一方が船尾に、もう一方が船首に向くようにだね。そのことを覚えておくんだ。さて、もう少し私の言うとおりにしてくれ。いや！　だめだ！　できないとか、頭がくらくらするなんて言わないでくれ。次の質問に答えれば落ち着くはずだ。それから三十分後のことを思い出しなさい、ドラブル夫人。三十分ほどたつと、またきみは私の声を聞いた。私は、『ドラブル夫人！　元気な赤ん坊がまた生まれた。受け取りに来てくれ！』と叫んだ。そしてきみは左舷側にやって来て、その子を受け取ったね？」

「たしかに左舷側です」ドラブル夫人は答えた。

「どんどんよくなってるぞ！『元気な赤ん坊がまた生まれた。受け取って、最初の子と一緒に揺りかごに寝かせてくれ』と私は言った。そこできみは左舷の赤ん坊（スモールチャイルド）を受け取って、右舷の赤ん坊（ヘビーサイズ）と一緒に揺りかごに寝かせたんだ！　さてそれからどうした？」

「私に聞かないでください！」ドラブル夫人は取り乱して、必死に両手をもみ合わせながら叫んだ。

「落ち着きなさい！　わかりやすく話してあげるから。落ち着いてよく聞くんだ。きみが左舷の赤ん坊を寝かせたまさにそのときに、左舷（スモールチャイルド）の船室にいた私は、必要なものがあって、きみを右舷（ヘビーサイズ）の船室に取りに行かせたことがあったね。私は戻ってきたきみを左舷側にしばらくとどまらせると、きみを残してヘビーサイズ夫人の船室へ行き、今度はスモールチャイルド夫人の船室から何か持ってくるように大声で頼んだ。だがきみが主船室を横切りかけたときに、私は、『いや。そのままそこにいてくれ。こっちから行くから』と言った。それからすぐ、スモールチャイルド夫人のことで何やら不安になったきみは、自ら進んで私のところへやって来ようとした。そこでスモールチャイルド夫人の船室へ向かいかけた私は、主船室にいるきみを止めてこう言ったんだ。『ドラブル夫人、きみの頭は混乱しているようだね。すわって、ばらばらになっている考えをまとめるといい』そこできみは腰を下ろし、考えをまとめようとして……」

（ちなみに、ドラブル夫人はここで口をはさんだ。「でも、できませんでした。ああ、頭が！頭が！」）

――「そしてきみは、ばらばらになった考えをまとめようとしたが、できなかったんだね?」医者は続けた。「それで、きみがどうしているか確かめようと私がスモールチャイルド夫人の船室から出ていくと、洗濯かご兼揺りかごは主船室のテーブルの上に乗っていて、きみは口をぽかんと開け、両手を髪の毛にからませながら、中の赤ん坊たちをじっと見下ろしていたんだったね?

そして私が『元気な二人の坊やのどちらかにどこか悪いところでもあるのかい?』と訊くと、きみは私の外套の襟をつかんで、右耳にこうささやいてきた。『神よ、お救いを、お助けを。ジョリー先生、頭の中で二人の赤ちゃんがごっちゃになってしまいました。どちらがどちらか区別がつきません!』」

「そして今もわからないんです」ドラブル夫人はヒステリックに叫んだ。「ああ、頭が! 頭が! 今でもわかりません!」

「ジロップ船長、皆さん」ジョリー氏はくるりと振り返り、すっかり絶望しながらも落ち着き払って聴衆に話しかけた。「『窮地』とはこのことです。皆さんがこれ以上困った状況について聞いたことがあれば、お手数ですが、すぐにその話をしてこの哀れな女性をなだめてやってください」

ジロップ船長はパーリング氏とシムズ氏を見た。パーリング氏とシムズ氏はジロップ船長を見た。三人とも呆然としている。無理もない。

「おまえさんにはこの謎を解明できないのかい、ジョリー?」真っ先に正気に返った船長が訊いた。

「もし下の船室で私がやらなければならなかったことをご存じなら、そんな質問はなさらないでしょうね」医者は答えた。「私は女性二人と子供二人の命に責任を負っていたことを、そして二つの小さな寝台船室に閉じ込められていたことを忘れないでください。振り返るスペースさえほとんどなく、二つの貧弱な小さいランプが放つ、目の前の手を見るのがやっとの光しかなかったんです。そんな状況では医者としての務めを果たすのさえ大変だったことを忘れないでください。船はずっと足元で揺れていたうえに、客室係を落ち着かせなければいけませんでしたし。そのことをすべて考え合わせてから、二人の男の子をつぶさに比べるのにどれくらいの時間があったか、おっしゃってください。夜、航海中の船の上で、三十分以内に男の子二人が生まれるなんて。あっはっは！　母親と赤ん坊と医者が五人とも、事の成り行きを語れるくらい元気なだけで驚きですよ！」

「どちらかの子にあざがあるのを目にしたなんてことはなかったのかね？」シムズ氏は訊いた。

「私はわずかな光のもとで作業し、医者としての困難に立ち向かわなくてはなりませんでしたが、そんな中で気づくなら相当目立つあざでしょうな」医者は言った。「二人とも正常で立派な体格のお子さんだということはわかりました。私にわかったのはそれだけです」

「子供たちには、家族と似ていることを示す特徴が何か見られないんですか？」パーリング氏は訊いた。「どちらかの父親か母親に似ているとか言えるはずじゃありませんか？」

「二人とも、瞳も髪の毛も明るい色をしています……あまりお役に立ちませんが」ジョリー氏は頑として答えた。「ご自分で判断してください」

「スモールチャイルド氏はたしかに瞳も髪の毛も明るいな」シムズ氏は言った。

「サイモン・ヘビーサイズだって、瞳も髪の毛も明るいですよ」パーリング氏はまた言い返した。

「スモールチャイルド氏を起こして、ヘビーサイズを呼びにやり、二人の父親にコイン投げで決めさせたらいかがだろう」シムズ氏が提案した。

「親心をそんな冷酷な方法でもてあそんではいけません」パーリング氏は反論した。「〝自然の声〟を試されたらいいと思います」

「というと?」ジロップ船長は大いに興味を示して訊いた。

「母性本能ですよ」パーリング氏は答えた。「わが子に対する母親の直感です」

「これは、これは!」船長は言った。「よく考えたな。〝自然の声〟についてどう思うかね、ジョリー?」

医者はいらいらして、片手を突き出した。不慣れな厳しい尋問によってドラブル夫人に思い出してもらおうとまた試みていたが、彼女を混乱させていっそうなすすべがなくなるという思わしくない結果に終わっていたのだ。

頭の中で揺りかごを元の位置に戻せるかい? いいえ。右舷の赤ん坊(ヘビーサイズ)を、揺りかごの船尾に近いほうか、船首に近いほうか、どちらに置いたか思い出せるかな? いいえ。左舷の赤ん坊(スモールチャイルド)についてもっと何か思い出せるかね? いいえ。なんでまた、すでに混乱しているのに、揺りかごを主船室のテーブルの上に動かして、さらに迷うようなまねをしたんだ？　なぜって、あのひどい混乱の中でどちらがどちらか思い出せなくなったことに突然気づき、赤ちゃんたちを近くで見て確かめたかったからに決まってますよ。でもわかりませんでした。死ぬまで自分を許すべきではありませんし、ご希望なら、恥知らずなやつだからと海に投げ込んでもらってもかまいません……。そうこうしているうちに、ついに根気強い医者もさすがにうんざりして、ドラブル夫人を見限り、その件についてもさじを投げた。

「〝自然の声〟しか手の打ちようがないな」船長は、パーリング氏の考えにすがりついて言った。「やってみるんだ、ジョリー。ともかくやってみたらどうかね」

「たしかに何かしら手を打つ必要があります」医者は言った。「これ以上ご婦人たちだけにしてはおけませんし、私が下に行けばすぐに二人とも赤ん坊は元気か尋ねてくるでしょう。ドラブル夫人、人前に出られるくらいになるまでここで待っていなさい。後で来ればいいから。〝自然の声〟かっ！」ジョリー氏は一等船室に通じる階段を降りながら、ばかにしたように付け加えた。「ええ、ええ。やってみますとも。〝自然の声〟はさぞかし役に立つことでしょうね、皆さん。ご自分で判断してもらいましょう」

　幸い、折しも夜だったので、ジョリー氏は抜け目のないことに、光が患者の目には悪いという口実で寝台船室のうす暗いランプを微光へと弱めた。それから不幸な赤ん坊二人のうち最初に目についたひとりを抱き上げて、くるまれていた産着にインクの染みで目印をつけ、スモールチャイルド夫人のもとへ連れていった。たまたま近いという理由だけで彼女の船室を選んだのだ。二番目の赤ん坊は、区別できるように印をつけないまま、ドラブル夫人がヘビーサイズ夫人のところへ連れていった。しばらくのあいだ、どちらの母親も、赤ん坊と二人きりで過ごせた。それからまた医者の指示で離れ離れにされた後、今度は、目印をつけた赤ん坊をヘビーサイズ夫人のもとに、目印のない赤ん坊をスモールチャイルド夫人のもとにと組み合わせを変えて、再び引き合わせられた。その結果、寝台船室の暗がりの中では、一方の赤ん坊はほかの赤ん坊と同じくらいそつなくふるまったので、ジョリー氏の予想どおり、〝自然の声〟には目下の問題を解決する力など皆無だとわかった。

「夜が味方してくれるうちは、うまくごまかせるでしょう」医者は、パーリング氏の提案した試みが失敗したと滞りなく船長に報告し終えると、続けて言った。「ですが朝が来て、日に照らされて子供たちの違いが明らかになるときのことを考えて、何らかの策を講じておくべきです。もし下にいる二人の母親がこの状況にわずかでも疑いを抱くなら、真相を知った精神的打撃で、恐ろしい痛手を負うことも考えられます。彼女たちの健康のためには、だまし続けなくてはいけません。明日になれば、それぞれの母親にどちらかの赤ん坊を選び、彼女たちが元気を取り戻すまではその選択を変えるわけにはいかないのです。問題は、誰が責任を取るべきかでして、ふだんならつまらないことにこだわりませんが、今回ばかりは私には責任を取る勇気はないと率直に認めます」

「私は縁もゆかりもないから、その件に関わるなんてごめんだね」シムズ氏は言った。

「まさに同じ理由から干渉するのはお断りします」パーリング氏もそう言って、この航海で初めて天敵の出した提案に同意した。

「ちょっと待ってくれないか、諸君」ジロップ船長は言った。「私はこの難題を正しく認識していると思うが、われわれは亭主たちに洗いざらい白状して、彼らにこそ責任を取らせるべきだ」

「二人ともそんなこと承知しないでしょう」シムズ氏は言った。

「私は承知すると思いますが」パーリング氏は元の習慣に戻って言い張った。

「承知しないなら」船長はきっぱりと言った。「この船の船長として……たしかに私が責任を取ろう」

この勇敢な宣言のおかげで当面の問題はすべておさまり、今後の処置を決めるために審議会が開かれた。そこで、ドラブル夫人が数時間眠れば、彼女の混乱した記憶は整理されるかもしれないという最後のわずかな可能性に賭けて、翌朝まで様子を見ようという結論に達した。空が白んでくる前に赤ん坊たちは主船室に移されることになった。つまり、スモールチャイルド夫人もへビーサイズ夫人も夜を共に過ごした子供の姿を確認できないうちにだ。医者と船長は、証人としてパーリング氏、シムズ氏、一等航海士の助けを借りる予定だった。そうしたメンバーで構成された会議は、事の緊急性を考慮して、翌朝六時きっかりに開かれることになった。そこで六時になると、好天でまだ順風が吹く中、話し合いは始まった。これを最後とばかりにジョリー氏は、船長の助けを得て証人たちに監視されながらドラブル夫人に厳しく尋問したが、その不運な客室係からは何ひとつ聞き出せなかった。医者は、彼女の精神錯乱は長引くものだと告げ、船長と証人たちはこぞって同意した。

次の試みは、亭主たちに事の真相を明かすことだった。

この際には、スモールチャイルド氏はちょうど朝の「借りを返す」時間だった。真相を明かされた返事として彼の口から出てきた最初のはっきりした言葉は、「アンチョビー・ペーストをはさんだスパイシーなビスケット」だ。それ以上辛抱してみても、ただ、「すぐにぼくを赤ん坊二人と一緒に水中に放り投げてください」というせっかちな要求を引き出せただけだった。次に熱のこもった忠告が試みられたが、ましな成果は見られなかった。「好きなように解決してください」とスモールチャイルド氏は力なく言った。「この船の指揮者として私に任せるっていうのかね?」ジロップ船長は訊いた。返事はない。「話せないならうなずいてくれ」スモールチャイルド氏は枕の上で頭をぐるっと動かしてうなずき、眠りについた。「私の勝手にしていいってことだろうか?」ジロップ船長が証人たちにそう尋ねると、きっぱりとした「はい」という答えが返ってきた。

それからサイモン・ヘビーサイズにも同じような儀式が行われた。それに応じて彼は、知的な男にふさわしく彼なりの解決策を提案した。

「ジロップ船長、皆さん」サイモンは流暢ながら陰気なくらい丁寧な口調で言った。「この件については私よりスモールチャイルド氏のことを考えてさしあげたいと思います。どちらが私の赤ん坊だろうと、心から喜んで別れますよ。スモールチャイルド氏が子供たちを二人とも引き取って、自分の息子を確実に手に入れるようにしたらどうかと謹んで提案します」

この名案にすぐに反対したのは医者だけだった。彼は嫌みったらしく、「ヘビーサイズ夫人はそれについてなんて言うかね？」とサイモンに訊いた。サイモンは、このことまで考えていませんでした、妻がその協定案の取り除けない障害となる可能性は大いにあるでしょう、と認めた。証人も皆、同じ考えで、サイモンはここで初めて、喜んですべて船長に任せるつもりだと伝えると、退去を許され、彼の考えも却下された。

「よろしい、諸君」ジロップ船長は言った。「船長である私は、責任という点ではあの亭主たちの次にあると思う。あらゆる面からこの問題を考えてきたし、立ち向かう心づもりはできている。パーリングさん、あんたが提案した〝自然の声〟は、失敗に終わった。シムズさん、あんたが提案したコイン投げは、とても深刻な問題で物事を決める方法としてはまったくふさわしくないと私は思う。とんでもない！　私の考えた案があるから、これからそれを試すつもりだ。下の配膳室までついてきてくれ、諸君」

証人たちは心底驚いて顔を見合わせると、船長についていった。

「ピカレル」船長は賄い長に話しかけた。「天秤を持ってこい」

天秤は厨房によくあるタイプで、片側に測るものを載せるブリキ製のトレーが、もう片側には分銅を支える頑丈な鉄板がついている。ピカレルはこの天秤をきちんと片づいた小さい配膳台に置いた。この台は、ボールソケットの原理を利用して常に水平を保つよう、備え付けられている。船の動きに合わせて揺れることで陶器が壊れるのを防ぐようにしているのだ。

「トレーにきれいなふきんを敷くんだ」船長は言った。そしてふきんが敷かれると医者に言った。「先生、ご婦人たちに聞かれるといけないから、寝台船室の扉を閉めて、ここに赤ん坊二人を連れてきてくれ」

「ああ！」申し訳なさそうに配膳室をのぞいていたドラブル夫人が叫んだ。「ああ、坊やたちを傷つけないでください！　誰かが報いを受けるなら、私が受けます！」

「頼むから黙っていてくれ」船長は言った。「このことはいっさい内緒にしておくんだぞ。勤めを続けたいならな。ご婦人たちに子供がどうしているか聞かれたら、十分たったら連れてくると言うんだ」

医者がやって来て、配膳室の床に洗濯かご兼揺りかごを置いた。ジロップ船長はすぐに眼鏡をかけて、足元で寝ている二人の無邪気な幼子をまじまじと眺めると、こう言った。

「似たり寄ったりだな。何の違いも見つからん。だがちょっと待てよ。やっぱりそうだ。ひとりは髪の毛が生えていない。いいぞ。そっちから始めよう。先生、毛がない赤ん坊を裸にして秤に載せてくれ」

毛のない赤ん坊は、その子なりの言葉で抗議した。でも無駄だった。二分後には、体が冷えないようにきれいなふきんを敷いた、ブリキのトレーに仰向けに寝かせられた。

「正確に測れよ、ピカレル」と船長。「必要なら八分の一オンスまで測るんだ。諸君！　この成り行きをしっかり見守ってくれ。とても大事だから」

賄い長が測り、証人が見守るあいだ、ジロップ船長は一等航海士に航海日誌とペンとインクを持ってくるように命じた。

「いくらだ、ピカレル？」船長は日誌を開いて尋ねた。

「七ポンド一オンス四分の一です」賄い長は答えた。

「合ってるかね、諸君？」と船長。

「間違いありません」と証人たち。

「毛のない子供――第一号としよう――体重、七ポンド一オンス四分の一〈常衡〉」船長はそう繰り返し、航海日誌に書き込んだ。「よろしい。さあ、毛のない赤ん坊を戻して、今度は毛のあるほうを測ってみよう」

毛のある赤ん坊もその子なりの言葉で抗議した。そしてやはり無駄だった。

「いくらだ、ピカレル？」船長は尋ねた。

「六ポンド十四オンス四分の三です」賄い長は答えた。

「合ってるかね、諸君？」と船長。

「間違いありません」と証人たち。

「毛のある子供――第二号としよう――体重、六ポンド十四オンス四分の三〈常衡〉」船長はそう繰り返すと書き込んだ。「どうもありがとう、ジョリー。それで結構だ。揺りかごにこっちの赤ん坊も戻したら、ドラブル夫人に、追って指示があるまでは揺りかごからどちらの赤ん坊も連れ出してはならんと伝えてくれ。それが終わったら、私とこちらの紳士たちは甲板で待っているから、おまえさんも来てくれないか。議論か何かが起きた場合に、寝台船室まで声が届いてしまうような危険は冒さないでおこう」ジロップ船長はこう言うと、先頭を切って甲板に向かい、一等航海士は航海日誌とペンとインクを手にしてあとに続いた。

「さあ、諸君」医者が一行に加わると、船長は話し始めた。「まずは私自身がこの件について日誌に書き留めたくだりをすべて、一等航海士に読んでもらってこの手続きを始めよう。子供たち二人の体重についての記載が一様に正しいと思えば、この場で証人として署名していただきたい」

一等航海士はその箇所を読んで、証人は、間違いなく正しいと署名した。それからジロップ船長は咳払いをすると、待ち構えている聴衆に次のように話しかけた。

「諸君は同意してくれるだろう。正義はいかなるときも正義であって、類は友を呼ぶはずだと。ここに五百トンの船があるが、それに合わせてマストの円材《スパー》は装着されている。これが百五十トンのスクーナー船だとしたら、ほんの新米船員でもこんなマストを立てようとはしないだろう。一方、これが千トンのインド貿易船なら、わが船の円材は、見事な丸太ではあるが、果たしてその積載量の船にふさわしいだろうか。そんなわけがない。スクーナーの円材はスクーナーに、帆船の円材は帆船にぴったり合っているのだ」

ここで船長は、演説の冒頭を聴衆の心によく染み込ませるようにひと息入れた。聴衆は、「謹聴！」という議会でおなじみの叫び声をかけて先を促した。船長は続けた。

「目下われわれを悩ませている深刻な問題において、私はたった今お話しした原理に立っている。私の決定は次のとおりだ。ご婦人二人のうち重いほうに赤ん坊二人の重いほうを与えよう。そして当然ながら、軽いほうの赤ん坊はもうひとりのご婦人のものとしよう。この好天が続いて神の思し召しがあるなら、一週間もすれば、われわれの乗った船は港に着くだろう。この窮地から抜け出すのに私が決めた方法よりもっといい決め方があれば、陸上にいる牧師や弁護士が見つけるかもしれんが、望むところだ」

そう言って船長が演説を終えると、審議会の一同は、抗議を申し立てようにもほかに名案が浮かばないので、出された提案をすぐに満場一致で認めた。

次にジョリー氏は、唯一頼れる権威として、スモールチャイルド夫人とヘビーサイズ夫人のどちらが重いか判断するよう頼まれ、一瞬もためらうことなくヘビーサイズ夫人のほうが重いという結論を出した。彼女のほうが背が高く太っているという明白な理由があったからだ。そこで「第一号」とされた毛のない赤ん坊はヘビーサイズ夫人の船室に、「第二号」とされた毛のある赤ん坊はスモールチャイルド夫人のもとに連れていかれた。どちらの〝自然の声〟も、船長が考えた分類の法則に少しの異議も唱えなかった。七時前に、ジョリー氏は、右舷と左舷の母子どちらも、ほかの客に負けないくらい幸せで満足な様子だと報告した。そこで船長は、次の言葉で締めくくって審議会を解散した。

「さあ諸君、補助帆《スタンスル》を張って港へと急ごう。三十分後に朝食だ、ピカレル、たっぷり用意しろ！あの不幸なドラブル夫人はまだこの事件の結末を聞いていないんじゃないか。諸君、できればみんなで彼女が元気になるよう手を差し伸べてあげなくては。それを除けば、われわれの仕事は終わった。あとは牧師と弁護士に陸上で解決してもらおう」

結局、牧師と弁護士は何もせずに終わった。手の打ちようがなかったからにほかならない。十日後に船は入港し、真相は母親二人に打ち明けられた。二人とも、赤ん坊と十日間一緒に過ごした結果、それぞれの子を溺愛していたので、どちらがどちらの子か区別できないというドラブル夫人と同じ状態に陥ってしまった。

ありとあらゆる検証が試みられた。まず医者による検証だが、彼は船長に話したことを繰り返しただけだった。次に容姿の類似に基づく検証だが、明るい髪の毛、青い瞳、筋の通った高い鼻が両方の父親に共通する一方で、明るい髪の毛、青い瞳、鼻と呼べるものが満足にない点が両方の子供に共通したので、失敗に終わった。三番目にドラブル夫人に対する検証だが、終始、片方がすごいけんまくで話し、もう片方がさめざめと泣いてばかりだった。四番目に法的判断による検証だが、従うべき法律上の指示が皆無だったのでうまくいかなかった。五番目に、これが最後だが、夫への働きかけによる検証が試みられ、夫たちが当の問題について何も知らなかったために、成果は得られなかった。船長が野蛮にも取り入れた体重による検証は依然として効力を持ち続けた。その挙げ句、一文なしで下層階級の男である私がここにいるのだ。

そう！　記念すべきあのときの毛のない赤ん坊は、この私だ。重かったことが私の一生を左右した。どちらの両親も、どうしようもないものとあきらめて、船長が考えた分類の法則に従ってそのまま赤ん坊を育てた。船酔いしていなければかなり頭の切れるスモールチャイルド氏は財産を築いた。サイモン・ヘビーサイズは家族を増やし続け、貧困者収容施設《ワークハウス》で死んだ。

海で生まれた二人の少年がその後どんな暮らしを送ったか、ジョリー氏の言葉を借りるなら、ご自分で判断していただきたい。毛のない赤ん坊である私は、毛のある赤ん坊にここ何年もいっさい会っていない。彼はスモールチャイルド氏のように背が低いかもしれないが、亡きヘビーサイズに驚くほど顔が似ているとひょんなことから知っている。私はヘビーサイズのように背が高いかもしれないが、ともかく目と髪と表情はスモールチャイルド氏にそっくりだ。このことから好きに判断するといい！　最後には同じ結果に終わるだろう。スモールチャイルドの息子は、体重が六ポンド十四オンス四分の三だったおかげで、社会的に成功している。ヘビーサイズの息子は、七ポンド一オンス四分の一だったせいで、失敗している。運命とはこんなものだし、人生とはこんなものだ。でも生きている限り、私は自分の運命を絶対に受け入れるもんか。わが不満についての話はこれでおしまいだ。では、ごきげんよう。

第二話　巡査と料理番

MR. POLICEMAN AND THE COOK

はじめの言葉

ある晩、私は、帰ろうとする医者に、あとどのくらい生きられそうか尋ねた。医者はこう答えた。「何とも言えませんね。朝になって私が戻ってくるまでに亡くなっている可能性もありますし、月末まで生きられるかもしれませんから」

翌朝になってもどうにか生きていたので、わが魂が何を求めているかを考えることができ、ローマカトリック教会の信者である私は、司祭に来てもらった。

懺悔すべき過去のわが罪の中には、この国の法律に従う義務を怠るという、非難されて当然のものもあった。司祭の考えでは、英国人カトリック教徒にふさわしい罪滅ぼしとして、自らの過ちを認めて公に謝罪するべきだという。私も彼の考えに賛成した。そこでわれわれは分業を試みることにし、私が事の次第を語り、司祭殿がペンをとって書き物にまとめてくれた。

次のとおりだ。

第一章

二十五歳のころ、私はロンドン警察で働くようになった。責任の重いわりに低賃金の任務を二年近く人並みに経験した後、初めて重大事件の捜査を手がけることになった。ほかでもない、殺人事件だ。

詳細はこれからお話ししよう。

当時、私はロンドン北部の警察署に所属していた。それ以上詳しく言うのはお許し願いたい。ある月曜日、署で夜勤に当たっていた。朝の四時までは、何も変わったことはなかった。あれは春のことだったが、ガス灯やら暖炉やらのせいで部屋がかなり暑くなっていたので、私は新鮮な空気を吸おうと署の入り口まで出ていった。これには寒がりの当直の警部はとても驚いていた。霧雨が降っていたし、不快なくらいじめじめしていたので、私は炉辺に戻った。すわって一分もたたなかったろうか。自在扉が乱暴に押し開けられた。女が取り乱した様子で悲鳴を上げて飛び込んでくると、こう言った。「ここは警察署ですか?」

警部は優秀な警官ではあったものの、生まれつきつむじ曲がりなせいか、寒がりな体質のわりにはかっと熱くなりやすいところがあった。「何をばかな、決まってるじゃないか。どうしたっていうんだ?」

「人殺しです!」女はせきを切ったように話し出した。「お願いですから一緒に来てください。リーハイ通り十四番地の、クロスカペル夫人の下宿屋です。若いご婦人が夜中に旦那さんを殺してしまって。ナイフを使ったんですよ。ご婦人が言うには、眠っているあいだにやったんじゃないかって」

これを聞くと、正直なところ、私はびっくりした。もうひとりの当直の巡査部長も驚いているようだ。その女は、おびえていて、寝起きでいい加減に服を引っかけていただけの格好ではあるが、美しく若い娘だ。当時、私は背の高い女性に目がなく、彼女はいわばタイプだった。私は椅子を勧めてやり、巡査部長は暖炉の火を突っついた。警部に限っては、何があっても慌てたためしがなく、このときも、こそ泥事件でも扱うみたいに冷静に女に質問した。

「殺された男を見たのかね?」

「いいえ」

「奥さんには会った?」

「お会いしていません。部屋へ行く気にはなれなかったもので。ただ話を聞いただけなんです」

「ほう。で、おまえさんは何者だ?　下宿人かい?」

「いえ。料理番です」

「主人は留守なのかね？」

「いえ。でも、気が動転しておいでです。メイドはお医者さんを呼びにいきまして。何もかも哀れな使用人に降りかかってくるものなんです。ああ、何だってあたしはあんな恐ろしい家に足を踏み入れたんでしょう」

気の毒にも女はわっと泣き出し、全身震えていた。警部は調書を取り、読んでから署名するよう女に言った。こんなことをしたのは、息のにおいがかげるくらい自分に近づけるためだそうだ。後で警部は話してくれた。「おかしなことを言うやつがいたら、そいつが酔っていないか確かめると、手間が省けることがあってね。頭がいかれてるのに気づいたこともある。そんなことはあまりないが、それなら目を見ればたいていわかるさ」

彼女は気力を振り絞り、署名した──プリシラ・サービィ。警部ならではのテストの結果、プリシラはしらふであるとわかった。それに私の推測どおりだが、彼女の目を見たら、正気であることも警部は確信した。その美しい水色の瞳は、今や恐怖のあまり見開き、泣きはらして赤くなっているが、そうでないときは穏やかで好感が持てるのはたしかだ。そこでまず警部は私にこの事件を任せた。そんな事件が実際に起きたとは依然として信じていないようだ。

「この娘と下宿屋へ行ってこい。くだらんいたずらってこともあるし、ただのけんかを大げさに騒ぎ立てているだけかもしれん。自分の目で確かめて、医者の話を聞いてくるんだ。本当に大事件ならすぐに知らせをよこして、おれたちが行くまで誰もその家に出入りさせるな。待て！　何か供述が取れたら、決まり文句を言わなくちゃいかんが、わかってるな？」

「ええ。発言はすべて記録され、不利な証拠として用いられることがあると警告しなくてはいけません」

「よし。それなら近いうちに警部になれるぞ。さあ行って、お嬢さん！」警部はそう言うと、プリシラを追い出し、私に委ねた。

リーハイ通りはさほど遠くなく、署から歩いて二十分ほどのところにある。実を言うと、警部はプリシラに少しつらく当たりすぎたと思った。彼女ももちろん腹を立てていた。「いたずら扱いするなんて、警部さんたら、どういうつもりですか？　あたしみたいに怖い目に遭うといいんだわ。奉公に出るのはこれが初めてなんです。立派な奉公先を見つけたと思ってたのに」

私は彼女にあまり話しかけなかった。本当のことを言えば、託された任務のことが気がかりでならなかったのだ。下宿屋に着くと、ノックもしないうちに戸が内側から開き、紳士が出てきた。医者だ。私を見たとたん立ち止まると、こう話しかけてきた。

「気をつけてくださいよ、おまわりさん。私がやって来たときには、男はベッドで仰向けになっていました。死んでましたよ。凶器のナイフは傷口に刺さったままでね」

私はこれを聞くと、すぐに署に使いをやらなくてはと思った。信頼できる使者をどこで見つければいいのだろう。そこで失礼ながら、今話してくれたことを署の人間に繰り返してもらえないか、医者に頼んでみた。帰り道から署はさほど離れていないようで、医者は親切にも私の頼みを聞き入れてくれた。

　私たちが話しているうちに、下宿屋の女主人、クロスカペル夫人がやって来た。夫人はまだ若いが、一見したところ、家の中で殺人事件が起きてもそう簡単には怖がらない女性らしい。主人はといえば、夫人に隠れるように廊下にいた。彼女の父親でもいいくらいの年齢に見えたが、怖くて震えている様子ときたら、犯人と間違えられてもおかしくないほどだ。私は表の戸に錠をかけると、その鍵を引き抜き、女主人に言った。「警部が来るまでは、絶対に誰もこの家に出入りさせないでください。侵入者がいないか確かめたいから、家の中を調べさせてもらいますよ」

　すると夫人は言った。「地下の通用門にも鍵がついています。いつもかけたままですが、下に降りて、ご自分で確かめてください」プリシラも地下までついてきて、台所の火を熾《おこ》すように夫人から命じられた。夫人は、「お茶でもしたら元気が出るかもしれませんよ」などと言う。こんな状況なのに落ち着いているんですね、と私が言うと、ちょっとやそっとのことで取り乱していたら、ロンドンの下宿屋の女主人なんて務まりゃしませんよ、と夫人は答えた。

　通用門は施錠してあったし、台所の窓は鎧戸が閉ざされていた。裏の台所も勝手口も同じくしっかり閉まっていた。これならどこにも人っ子ひとり隠れようがない。一階に戻ると、通りに面した表側の応接間の窓を調べた。やはり鎧戸にはかんぬきがかかっていて、その部屋も戸締りが万全だと確認できた。すると、しゃがれた声が裏の応接間の扉越しに聞こえてきた。「あたしを見ないって約束してくれるなら、おまわりさんに入ってもらってもかまわないよ」声の主は誰なのか知りたそうに私が女主人を見ると、「応接間を間借りしているマイバスさんですよ。とても立派なご婦人です」と教えてくれた。その部屋に入っていくと、何かがベッドの天蓋から垂れたカーテンにくるまって立っているのが見えた。ミス・マイバスが謙虚にもそうやって姿を隠していたのだ。私は一階も安全なことに満足し、ポケットに鍵をきちんとしまうと、上の階へ向かうことにした。

階段を上りながら、昨日は来客があったかとクロスカペル夫人に訊いた。下宿人の友人が二人訪れただけで、夫人自ら、二人とも送り出したとのことだった。次に下宿人について質問した。一階はミス・マイバスが、二階の部屋は二つとも、貿易商に勤めている年配の独身男のバーフィールド氏が借りていた。三階の通りに面した表の部屋は、殺されたジョン・ゼベダイとその妻が、裏はドリュク氏が借りていた。ドリュク氏は葉巻商人で、マルティニーク島出身のクレオール紳士ではないかという話だ。同じ階の屋根裏部屋は、表をクロスカペル夫妻が、裏を料理番とメイドが使っていた。以上が目下その下宿屋で暮らしている正規の住人だ。使用人について女主人に尋ねると、こんな答えが返ってきた。「二人とも申し分のない人物です。でなくちゃ、あたしが雇うわけありませんよ」

三階へ行くと、表の部屋の前でメイドが見張りに立っていた。私が見たところでは料理番ほど好感の持てる女性ではなく、言うまでもないがおびえきっている様子だ。部屋に閉じ込められているゼベダイ夫人が騒ぎでも起こしたら急いで知らせるようにと、女主人に命じられていたのだ。私が到着したので、メイドはお役ご免となり、台所にいる使用人仲間のもとへと階段を駆け下りていった。

私は、殺しがあったことをどうやって、いつ知ったのかとクロスカペル夫人に訊いた。

「夜中の三時ちょっと過ぎに、ゼベダイ夫人の悲鳴で目が覚めましてね。駆けつけてみると、この廊下に奥さんがいて、ドリュクさんはとてもびっくりしながらも奥さんをなだめようとしていました。隣の部屋で寝ていた彼にしたら、悲鳴で起こされたら扉を開けるしかなかったんでしょうね。『愛するジョンが殺されたの！　私ったら、なんて恥知らずなんでしょ。眠りながらやってしまったなんて！』　こんな狂気じみた言葉を奥さんは繰り返すと、失神したんです。ドリュクさんと一緒に寝室に運んでやりました。あたしらは、かわいそうに、何か恐ろしい夢でも見たせいで取り乱していたんだなぐらいに思っていまして。ところがベッドのそばまで行くと……何を見たかなんて尋ねないでくださいよ。もうお医者さんから聞いたでしょう。昔、病院で看護師をしていましたから、恐ろしい光景にはそれなりに慣れていますけど、それでもぞっとしてめまいがしましたよ。ドリュクさんときたら、今度はこの人が気絶するんじゃないかって思うくらいで」

これを聞いた私は、ゼベダイ夫人はここに住むようになってから何かおかしな言動を取ったことがありますかね、と訊いた。

女主人は答えた。「あの奥さんが気でも違っているって思ってるんですか？　そりゃ、眠っているあいだに夫を殺したって自白する女がいれば、誰だっておまわりさんと同じように考えるでしょうね。でもこれだけは言えますが、今朝まではゼベダイ夫人ほど物静かで、聡明で、礼儀正しくて、愛らしい人に会ったことはないと思っていました。おまけにほら、奥さんは結婚したばかりで、亡くなったご主人に惚れ込んでいましたから。あのくらいの身分の人たちにしては、理想的な夫婦と言えましたね」

廊下ではもう話すことはなかった。私たちは扉の錠を開け、部屋に入った。

第二章

医者の話どおり、男はベッドで仰向けに倒れていた。部屋着の左側、心臓の真上でリネンににじんだ血がその惨劇を物語っている。気が進まないながらも死に顔を眺めて判断できる限りでは、生前はさぞかし美男子だったにちがいない。万人の哀しみをそそる光景だったが、とりわけ痛ましかったのは、次いで、哀れな妻が目に留まったときだ。

ゼベダイ夫人は床の隅に体を丸めてすわっていた。肌の浅黒い小柄な女で、鮮やかな色のしゃれた服を着ている。ぞっとするほど青ざめた顔をしているが、黒い髪と茶色いつぶらな瞳のせいで、実際以上に青白く死人のように見えるのだろう。まっすぐこちらを見つめているものの、目に入ってはいないようだ。私たちが話しかけても、ひとことも答えない。絶えず指をいじり、寒そうに時おり震えているが、そうでなければ夫と同じく死んでいるのかと思えたくらいだ。私は夫人に近づき、抱き起こそうとした。すると彼女は悲鳴を上げ、体をすくめた。思わず私はぎょっとしかけたが、それは声が大きかったからではなく、人間というよりは動物の叫び声みたいだったからだ。彼女は女主人の前ではいかに物静かにふるまっていたとしても、今や発狂せんばかりだった。私は自然と彼女を憐れに思って心動かされたのかもしれないし、すっかり動揺していたのかもしれない。とにかく彼女が犯人だとはどうしても思えず、クロスカペル夫人に、「あの人がやったなんて信じられませんね」とまで言ってしまった。

話している最中に、玄関の戸をたたく音がした。すぐに下に降りたところ、戸口に現れたのは警部だったので、私はとてもほっとし、中に入れた。警部は部下をひとり連れている。

警部は、まずその場で私の報告を聞くと、よくやったと褒めてくれた。「家の中の人間による犯行のようだな」こう言うと、連れてきた部下を下に残し、私と一緒に三階へと上がった。

部屋に入ってものの一分もしないうちに、警部は、私が見落としていたある物体に気づいた。犯行に使われたナイフだ。

医者はナイフが死体に刺さっているのを見つけたが、傷口を調べるために引き抜き、ベッドわきのテーブルに置いていたようだ。それはのこぎり刃やコルク抜きなどを兼ねた万能ナイフで、その大きな刃は、開くとばねの力で留まる仕組みになっている。血のついているところを除けば、ぴかぴか光って新品同様だ。角製の柄には小さな金属板が取り付けてあり、文字が刻まれていた。「ジョン・ゼベダイへ……」贈り主の名も続くところだが、何とも妙なことにそこで止まっている。

いったい誰のせいで、どうして彫り師は作業を中断したのだろう？　まるで見当もつかない。だが警部は勇み立った。

「これはきっと役立つぞ」と言うと、部屋の隅にいる哀れな女をずっと見つめながらも、クロスカペル夫人の話に耳を傾けた。

女主人が話し終えると、警部は、隣の下宿人にそろそろ会いにいかなくては、と言った。そこにドリュク氏が姿を見せた。部屋の扉のところに立ち、恐怖のあまり中の光景からは顔をそむけている。

腰紐もひだ飾りも金色の、豪華な青い部屋着に身を包み、茶色がかった乏しい髪は、自然なものかどうかはわからないが、細かくカールしている。顔は黄色く、緑がかった茶色い目は、いわゆる「ぎょろ目」で、その下にスプーンを当てたら顔からこぼれてきそうだ。口ひげとやぎのようなあごひげは油を塗って整えている。そして身支度の仕上げにと、長くて黒い葉巻をくわえていた。

「この恐ろしい悲劇に無関心なわけではないんですが」とドリュク氏は弁解した。「神経がまいってしまいましてね、おまわりさん。こうやってしか心の傷を癒やせないんです。どうかご勘弁いただき、哀れんでやってください」

警部はこの参考人には厳しく事細かに質問した。見かけに惑わされる人間ではないが、ドリュク氏を好きでないばかりか、信用してさえいないようだ。だいたいはクロスカペル夫人からすでに聞いた内容が繰り返されただけで、その尋問からは何の成果も得られなかった。ドリュク氏は自分の部屋に戻った。

「あの男はどれくらいここに住んでいるのかね？」ドリュク氏が背中を向けたとたん、警部は女主人に尋ねた。

「一年近くですよ」

「人物証明書は出したのかい？」

「ええ、これ以上は望めないくらい立派なものでした」そこで女主人は照会先として市内の有名な葉巻商の名前を挙げ、警部は手帳にその情報を書き留めた。

次に起こったことを詳しく語るのは控えたい。あまりに痛ましく、長々と話す気になれないからだ。哀れにも、気の触れた女は警察署へと辻馬車で連れていかれた、とだけ言っておこう。警部は、ナイフと、床で見つけた『眠りの世界』という本を押収した。旅行かばんは荷物が入ったまま鍵がかけられ、事件のあった部屋の扉も施錠され、どちらの鍵も私が預かることになった。私は、その家に残るように、また、すぐに連絡するからそれまでは誰も外に出さないように、と警部から指示を受けた。

第三章

死因審問は見合わせられ、治安判事の尋問は差し戻しとなった。どちらの場合にも、ゼベダイ夫人が一連の手続きを把握できる状態ではなかったからだ。医者の報告によれば、夫人はひどい精神的打撃を受けて衰弱しているとのことだった。医者は、殺人が起きる前に彼女が正気だったと思うか尋ねられると、その時点では明確な返事をするのを拒んだ。

一週間が過ぎた。殺された男は埋葬され、年老いた父親が葬儀に参列した。私は時おり、何かもっと有益な情報が得られないかと、クロスカペル夫人と使用人二人に会いにいった。料理番もメイドも、ひと月後に辞めさせてほしいと申し出ていた。人物証明書のことを考えたら、殺人現場となった家にとどまりたくなかったからだ。ドリュク氏も神経がまいっていたために引っ越すことにした。悪夢ばかり見て眠れなくなっていたようで、必要な違約金を払い、予告なしに出ていった。二階の下宿人のバーフィールド氏は部屋を借りたままにしていたが、雇い主から休暇をもらい、田舎の友人宅数軒に身を寄せていた。ミス・マイバスだけが応接間にとどまり、こう言った。「あたしくらいの年になると、住み心地さえよけりゃ、何があろうと引っ越す気にはなれないね。二階上で起こった殺しは、隣の家で起こったも同然だよ。何たって肝心なのは距離だからね」

下宿人がどうふるまおうと、われわれ警察にはさほど問題ではなかった。私服警官が昼も夜も下宿屋を見張り、出ていく者全員をひそかに尾行し、引っ越した者に対しては、転居先の警察に命じて監視させた。それまでのところ、われわれはナイフを買った人間を突き止めることに失敗していたうえに、ゼベダイ夫人の異常な供述をいかなる形にしろ検証できずにいた。そこで、殺人のあった晩にクロスカペル夫人の下宿屋にいた者は、ひとり残らず取り逃がすわけにはいかなかったのだ。

第四章

それから二週間ほどたつと、ゼベダイ夫人はかなり回復していたので、こうした訴訟の当事者には前もって伝えられるべき警告を受けた後、必要な供述をすることができた。医者は、今度は何のためらいもなく彼女が正気だと報告した。

夫人はかつて家事奉公をしていた。最後に勤めた四年間は、ドーセットシャーのある家庭に住み込みで侍女として働いていた。彼女の唯一の欠点は、時おり夢遊病にかかることで、そのために使用人仲間のひとりが彼女と同じ部屋で眠り、扉には錠をかけ、その鍵を枕の下に隠しておかなければならなかった。ほかの点では、女主人はこの侍女を「かけがえのない存在」と評した。

彼女が奉公を辞める半年前に、ジョン・ゼベダイという名の青年が、人物証明書を持ってその家にやって来て、下僕として雇われた。青年はまもなくかわいい侍女に恋をし、彼女も心からその思いに応えた。二人は貧しかったので、結婚できるようになるまでには何年も待つところだった。ところがゼベダイの伯父が亡くなり、彼に二千ポンドというちょっとした財産を遺した。もはや二人は、使用人にしては好きなように暮らしていけるくらい豊かになったので、結婚し、共に奉公していた家を出ることにした。結婚式では、一家の幼い娘たちが花嫁の介添人を務め、彼女に親愛の情を示した。

若い夫は慎重な男だった。オーストラリアで牧羊業を営み、少額の元手をもっとも有益に運用することにした。妻は反対せず、夫の行く所ならどこにでもついていく覚悟でいた。

そこで夫婦は、乗る予定の船をこの目で確かめようと、ロンドンで短いハネムーンを過ごすつもりだった。クロスカペル夫人の下宿屋へ行ったのは、ゼベダイの伯父がロンドンでの常宿にしていたからだ。乗船するまでにはまだ十日あったので、若夫婦は願ってもない休暇を手に入れて、大都市ロンドンで観光や観劇を満喫しようと考えていた。

ロンドンでの第一夜、夫婦は芝居見物に出かけた。二人とも田舎の新鮮な空気に慣れていたため、劇場の暑さやガスのせいで危うく息苦しくなるところだった。だが初めて触れる娯楽がすっかり気に入ったので、その次の晩も別の劇場へ行った。今度は、ジョン・ゼベダイが暑さに耐えきれなくなり、二人は劇場を出て、十時近くに下宿屋へ戻った。

あとの話は、ゼベダイ夫人の使った言葉をそのまま引用しよう。

「私たちはしばらく部屋ですわって話していましたけど、ジョンの頭痛はますますひどくなりました。私は、寝るように彼に言い聞かせ、少しでも早く寝ついてくれたらと蠟燭《ろうそく》を消しました。寝巻きに着替えるには暖炉の火があれば十分でしたから。でもジョンは何だか落ち着かないようで眠れず、何か読んでくれないかと頼んできました。本は彼にとって、体調のいいときでも必ず眠気を誘うものだったのです。

私はまだ着替え始めてもいませんでした。そこでまた蠟燭を灯し、持っていた唯一の本を開きました。ジョンが駅の売店で、あの『眠りの世界』というタイトルの本を見つけていたものですから。夢遊病者であることで私をよくからかっていましたので、『これ、きっときみには面白いと思うよ』と言って、プレゼントしてくれました。

三十分も読まないうちに、彼はぐっすり眠りました。私はまだ眠くなかったので、ひとりで読み続けました。

それはたしかに面白い本でした。怖い話がひとつ載っていて、夢中で読みました。夢遊病にかかっているあいだに妻を刺し殺した人の話です。それから本を置こうかと思いましたが、気が変わり、読み続けました。その後の数章にはあまり興味をそそられませんでした。なぜわれわれは眠るのか、眠った状態では脳がどう機能するか、などといった学問的な説明ばかりでしたから。それでしまいには、私も暖炉のそばの肘掛け椅子で眠り込んでしまったのです。

寝ついたのが何時だったかはわかりません。どのくらい眠ったのか、夢を見たのかどうかも定かではありません。目を覚ますと、蠟燭も暖炉の火も燃え尽きていて、真っ暗でした。なぜ目が覚めたのかも説明できません。考えられるとしたら、部屋が寒かったからでしょうか。

炉棚に予備の蠟燭があったので、マッチ箱を見つけて火をつけました。そのとき初めてベッドのほうを振り向くと、目にしたのは……」

夫の死体だった。彼女のそばで気づかないうちに、夫は殺されていたわけだ。そこまで話すと、かわいそうに、夫人はそのときの光景をまざまざと思い出して気を失った。

訴訟は延期された。彼女は手厚い治療と心遣いを受け、医者はもちろん、教戒師も彼女が心身ともに回復するようにと気を配った。

女主人や使用人たちの証言についてはこれまで触れていないが、何しろ、それはほんの形だけ取られたにすぎない。彼女たちの知っているわずかな事実では、ゼベダイ夫人に対して罪を立証することなどできなかったのだ。警察は、夫人が事件当初にした異常な自白を裏付ける発見ができずにいたし、夫人が最後に奉公していた主人夫婦にいたっては、彼女のことを絶賛した。われわれの捜査は完全に行き詰まっていた。

それまでのところ、ドリュク氏を証人として法廷に召喚して驚かすのはやめておいたほうがいいと考えられていた。だが教戒師からある私信を受けて、この法的措置が急いで取られることになった。

教戒師は、ゼベダイ夫人と二度面会して話した結果、彼女が夫の殺人に関与していることなどありえないと確信した。内緒で話してくれたことを口外するべきではないと思ったので、そのことには触れず、次の尋問でドリュク氏を召喚するように勧めただけだ。この提案は受け入れられた。尋問が再開されたとき、警察はゼベダイ夫人に不利な証拠を握っているわけではなかった。弁護側と検察側の両者を助けるために、彼女は今や証人席に立った。彼女の口から、夜中に目が覚めたときに夫が殺されているのを発見した様子が手短におさらいされた。彼女に向けられたのはたった三つの重要な質問だ。

まずナイフを見せられてから、こう尋ねられた。

「ご主人がそれを持っているのを見たことがありますか?」

「一度もありません」

「それについて何か知っていますか?」

「いいえ、まったく」

次の質問はこうだ。

「劇場から戻った時、あなたかご主人が寝室の扉に錠をかけましたか?」

「かけていません」

「後であなた自身がかけましたか?」

「いいえ」

三番目はこんな質問だ。

「夢遊病にかかっているあいだにあなたがご主人を殺したと思うだけの理由が何かありましたか?」

「理由などありません。ただ、あのときは気が動転していましたし、あんな本を読んでいたからそう思っただけなんです」

この後でほかの証人たちは退廷させられ、教戒師が私信を送った動機がようやく明らかになった。ゼベダイ夫人は、ドリュク氏とのあいだに何か不愉快なことがあったか尋ねられ、こう答えたのだ。

「ええ。あの男は私が下宿屋の階段でひとりでいるところをつかまえ、大胆にも言い寄ってきました。おまけにキスしようと迫ってきて、さらに辱めようとしたんです。私は彼の顔をひっぱたき、こんなひどいことをまたするなら主人に話すわよ、と言ってやりました。あの男は顔をたたかれたことにかっとなって、こう言いました。『奥さん、いつか後悔することになるよ』って」

協議の結果、警部の要請に応じて、ドリュク氏にはさしあたり、ゼベダイ夫人の供述については知らせないでおくことになった。証人たちが法廷に呼び戻され、ドリュク氏の番になると、彼はすでに警部にした証言を繰り返した。それから凶器のナイフについて何か知っているか尋ねられると、顔にはやましい様子をいっさい示さずナイフを見て、今の今までそんなもの見たことないと断言した。再開された尋問は終わり、それでも何ひとつ明らかにならなかった。

だがわれわれはドリュク氏に目を光らせていた。次に力を注いだのは、ナイフの入手に彼が関わっていると立証してみせることだ。

ここでふたたび、この事件では実に因縁めいたものがあると思えたのだが、何ひとつ有益な結果を得られなかった。刃についている刻印を見れば、そのナイフを製造し、卸したのは、シェフィールドの刃物店だと簡単に突き止められた。だがそこでは同じようなナイフを何万本も作っていたし、国外はもちろん、英国中の小売商に売り払っていた。凶器のナイフはどこで誰が買ったのかがわからないまま、その未完成の銘を刻んだ職人を見つけ出すのは、諺で言う「干し草の束の中から針を探す」ようなものだったのだ。最後の手段は、肝心な銘の刻まれた側が見えるようにナイフを写真に撮り、国中の警察署にその複製を送ることだった。

と同時に、われわれはドリュク氏を考慮に入れた。つまり彼の素性を調べた。殺された男とかつて知り合いだったとか、口げんかをしたとか、恋敵だったことでもないかと思っていた。だがそうした発見はできず、期待はずれに終わった。

ドリュク氏が放蕩生活を送り、とても悪い仲間と付き合ってきたことは突き止められたが、法に触れるようなことまではしていなかった。身持ちの悪いならず者で、婦人を辱め、顔をたたかれてずきずき痛んだ腹いせで脅し文句を言うような、人格的に汚点のある人間だからといって、真夜中にその婦人の夫を殺したとは言えない。

それからわれわれ警察はふたたび出廷するように命じられたが、何ひとつ証拠を提示できなかった。ナイフの写真は、その持ち主の発見にも、途中まで刻まれた銘の解明にもつながらなかったのだ。ゼベダイ夫人は、呼び出されたらまた出廷すると誓約してまもなく、友人のところに戻るのを許可された。新聞各紙は、こんな調子では警察の裏をかくのに成功する殺人者が今後どれくらい出てくるだろうと問う記事を書き立てた。大蔵省当局は百ポンドの懸賞金をかけて、必要な情報を提供してほしいと呼びかけたが、数週間が過ぎても、懸賞金を請求する者は現れなかった。

わが警部は容易に屈する人間ではなく、引き続き聞き込みと調査が行われたが、取り立てて成果はなく終わった。われわれは敗れた。警察と大衆にとっては、これで当事件は幕を閉じたわけだ。

哀れな若い夫の殺人は、ほかの未解決事件と同じようにまもなく忘れられていった。名もないひとりの男だけが愚かにも、暇な時間に「誰がゼベダイを殺したのか」なる問題を解決しようと努め続けた。上司や先輩たちが解決できなかった事件を自分が解決すれば、警察のトップへと出世できるのではないか。そう思い、たとえみんなに笑われても、男はちっぽけな自らの野心にしがみついていた。ずばり言えば私がその男だった。

第五章

心ならずも、これまでは感謝の意を示さずに話を進めてきた。

自力で調査を続けようとする私の決意をばかげていると思わないでくれた人が、二人いる。ミス・マイバスと料理番のプリシラ・サービィだ。

まずミス・マイバスについて話すと、彼女は、警察が負けを認めるあきらめきった態度に腹を立てていた。澄んだ目をして、細身だが丈夫な、遠慮なく思ったままを口にする女性だ。

「この事件は胸にこたえるね。ちょっとここ一、二年を振り返ってごらん。ロンドンで人が殺されたのに犯人が見つからないでいる事件を二つは思い出せるよ。あたしも人間だからね。次は自分の番じゃないかって思うんだ。おまわりさんはいい男だし、勇気があって粘り強いところが気に入ったよ。好きなだけここにおいで。中へ入ろうとして文句をつけるやつがいたら、あたしを訪ねてきたって言うといいよ。もうひとことだけ言わせておくれ。あたしはこれといってやることはないし、ばかじゃない。この応接間から、下宿屋に出入りする連中はみんな見てるさ。おまわりさんの住所を教えといてくれ。そのうち何か役に立つ情報が手に入るかもしれないからね」

ミス・マイバスは実に善意にあふれていたが、彼女に助けてもらう機会はなかった。この二人のうちプリシラ・サービィのほうが役に立ちそうだった。

そもそもプリシラは聡明で活発で、それまでのところは新たな職が見つからずにいたので自由が利いた。

それに、信頼の置ける女性だった。ロンドンで家事奉公に出てみようと故郷を離れる前に、彼女は地元の教区牧師から推薦状をもらっていたので、その写しを添えよう。

「私は、能力に見合ったまともな職なら何にでも、プリシラ・サービィを喜んで推薦いたします。彼女の両親は老いて体が弱り、近ごろは収入が減って苦しい生活を続けてきましたが、さらに養わねばならない幼い娘をひとり抱えています。プリシラは、親の負担になるくらいなら、ロンドンへ行って、家事奉公の職を見つけ、その収入で両親を援助するつもりです。この状況から彼女がどんな人物かはおわかりいただけるでしょう。昔からこの家族のことは存じていますので、わが家にはこの優しい娘さんに提供できる職がないのが残念でなりません。

ヘンリー・ディーリングトン、ロスの教区牧師」

これを読んでからは、謎に包まれた殺人事件を効果的に再調査する手伝いをしてもらいたいと、安心してプリシラに頼めた。

クロスカペル夫人の下宿屋にいた住人の行動がまだ調査不足なのではないか。それが私の考えだった。調査を続けるにあたって、メイドとドリュク氏を結びつけることがあれば教えてほしいとプリシラに頼んだ。彼女は答えるのを渋った。「罪のない人に疑いをかけることになるかもしれません。それにごく短いあいだ、あの子とは使用人仲間だったにすぎませんし……」

私は言った。「同じ部屋で眠っていたんだから、彼女が下宿人に対してどうふるまうか、きみには観察する機会があったよね。今尋ねていることを証人尋問で訊かれていたら、正直な女性として答えてくれていただろうに」

プリシラはこの言い分に負け、ドリュク氏と事件全体の解明に役立つ新事実を詳しく話してくれた。私はその情報に基づいて行動した。通常の仕事に追われ、捜査は遅々としてはかどらなかった。だがプリシラの助けを借りて、私は自分の目指す結末へと着実に進んでいった。

おまけに、クロスカペル夫人のかわいい料理番にはほかのことでも世話になった。いずれは白状せざるをえないので、今のうちにしておこう。プリシラのおかげで、私は初めて愛とはどんなものかを知り、甘美なキスを味わった。それから彼女に結婚を申し込むと、断られはしなかった。実のところ、彼女は少し青ざめてこう言った。「私たちのような貧しい二人がどうして結婚など望めるでしょう?」　私は答えた。「警部が見つけそこなった手がかりをつかむのもうじきだ。そしたら結婚できるようになるよ」

次にプリシラと会ったときに、私たちは彼女の両親について話した。ついに私はプリシラの婚約者となったのだ。婚約した男たちがどんな手順を踏むか聞いたところによると、彼女の両親に紹介してもらうのはごく当然に思えた。プリシラは全面的に賛成してくれ、その日のうちに、週末に彼を連れて行くから待っていてほしいと家に手紙を書いた。

夜勤が明けた日、私はほぼ一日中自由に過ごせることになった。そこで私服に着替え、私たちは、プリシラの両親が住む村の最寄り駅である、イェートランド行きの汽車の切符を買った。

第六章

汽車はいつものようにウォーターバンクという大きな町で停車した。まだ定職にありついていないものの、針仕事で食いつないでいたプリシラは、前の晩も遅くまで働いていたので、疲れてのどが渇いていた。そこで私は彼女にソーダ水を買ってきてあげようと、客車を降りた。駅の食堂ののろまな娘が瓶のコルク栓を抜くのに失敗し、手を貸そうとしても拒んだ。それから娘は栓抜きを手にしたが、曲げて使った。私はすっかりしびれを切らし、彼女の手から瓶をもぎ取った。ちょうど栓を抜いたとたん、ホームで鐘が鳴ったが、グラスにソーダ水がいっぱいになるまで待つしかなかった。ところが食堂を出ると汽車は動き出していた。客車の踏み台に飛び乗ろうとしたところで、ポーターに止められた。置いてきぼりを食ってしまったのだ。

落ち着きを取り戻すとすぐに時刻表を見た。私たちは一時五分にウォーターバンクに到着していた。幸運にも次の汽車は一時四十四分に到着する予定で、次の駅のイェートランドにはその十分後に着く。プリシラも時刻表を見て待っていてくれるのを願うばかりだった。ひと駅分歩こうとしたら、時間を節約するどころか無駄にしたにちがいない。次の汽車までそれほど時間はなかったので、町を見物して暇つぶしをすることにした。

住民には失礼ながら、ウォーターバンクはよそ者にとっては退屈な場所だ。私はあちこちの通りを歩き回っていたが、ふと一軒の店に興味を引かれ、のぞいてみようと立ち止まった。というのも、店そのものの何かが気になったわけではなく、通りで鎧戸が下りていた唯一の店だったからだ。

鎧戸には、貸家だと知らせる貼り紙がしてあった。退去する店主の名前と商売の内容が、お決まりの装飾文字で次のように書かれている。

〈ジェームズ・ウィカム、刃物雑貨店〉

そこで初めて、ナイフの写真を配ったときにわれわれ警察の障害となるものを忘れていたのにふと気づいた。事情によっては、刃物屋の一部には捜査の手が及ばなくなるかもしれないということを、誰ひとりとして心に留めていなかった。店をたたんだとか、破産したとかいう場合だ。私は常に肌身離さず写真の複製を持ち歩いていたので、ひそかに思った。「ナイフがドリュク氏のものだと明らかになるわずかなチャンスがめぐってきたんだ！」

呼び鈴を二度鳴らすと、とても汚らしい、ひどく耳の遠い老人が店の戸を開けてくれた。「上へ行ってスコリアーさんと話してくださいな。一番上の階にいますから」

私は老人のらっぱ形補聴器に口を寄せて、スコリアー氏とは何者なんです、と尋ねた。

「ウィカムさんの義理の弟さんですよ。ウィカムさんは亡くなられたもんで。店を買いたいなら、スコリアーさんに頼むんですね」

そこで上の階へ行ってみると、スコリアー氏が真鍮製の表札に何やら彫っていた。中年の男で、顔は青ざめ、目はかすんでいる。私は十分に詫びてから写真を見せて、こう訊いた。

「ちょっとお尋ねしますが、そのナイフに刻まれた銘について何かご存じでしょうか？」

男はルーペを手に取って写真を見ると、「これは面白い」と小声で言った。

「この変わった名前を覚えていますよ……ゼベダイ。ええ、本当です。私が彫りました。途中までですが。何だって仕上げられなかったんだろう」

ゼベダイの名前と、ナイフに刻みかけた文字は、国内のどの新聞にも載っていた。男の反応は実に冷静だったので、私はどう解釈したものかと首をかしげた。この男が殺人事件の記事を見ていないなんてことがありえるだろうか。それとも並はずれた自制心を持つ共犯者なのか。

「失礼ですが、新聞は読みますか？」

「まさか！　このところ視力が落ちてきていましてね。仕事のために読むのは控えているもんで」

「以前、ゼベダイという名前を耳にしたことはありませんか？　特に、新聞を読む人たちから聞いていませんかね？」

「それなら大いに考えられますが、だとしても、よく聞いていませんでした。一日の仕事が終わると、散歩するんです。それから夕食を取り、グロッグ酒をちょっと引っかけ、一服やってから寝ます。退屈な暮らしだと思われるでしょうよ。若いころは、そりゃあひどい生活をしていましたからね。何とか食べていけて、少し休みがあれば、最後は墓でしっかり休めますから、それで十分です。ずっと前から世の中に取り残されていますが、かえって好都合ってもんですよ」

その哀れな男は誠実に話してくれた。彼を疑ったことが恥ずかしくなり、ナイフの話題に戻した。

「どこで誰がそのナイフを買ったのか、わかりますか」私は訊いた。

「前より忘れっぽくなっていますが、思い出すのを助けてくれるものがありましてね」

男は、戸棚から汚れて使い込んだ切り抜き帳を取り出した。見たところ、字の書かれた細長い紙が何ページにもわたって貼ってある。男は索引、いや、というより目次を見てから、あるページを開いた。彼の陰気な顔に一瞬生気のようなものが浮かんだ。

「おや！　そうだった。そのナイフは、亡くなった義理の兄が下の店で売ったものでした。すっかり思い出しましたよ。興奮した客がこの部屋に飛び込んできて、私からナイフを奪っていきましてね。まだ半分しか彫ってなかったっていうのに！」

私はもうすぐ事件の真相が明らかになりそうだと感じ、「記憶の助けとなったものを見せていただけますか？」と尋ねた。

「ええ、どうぞ。おわかりでしょうが、私は銘や住所を彫って生計を立てています。ですから、客に指示書を書いてもらうとこの帳面に貼り、余白には自分なりに感じた特徴を書いておくんです。新規のお客の資料として役立ちますし、思い出す手がかりにもなりますからね」

男は私のほうに帳面を向け、あるページの下半分を占めている紙切れを指さした。

私は、ゼベダイを殺したナイフに刻むはずだった銘全体を読んだ。

「ジョン・ゼベダイへ。プリシラ・サービィより」

第七章

プリシラの名前が罪の告白状みたいに目の前に立ちはだかったときの気持ちは、とうてい言い表せない。いくらか落ち着きを取り戻すまでにどれほど時間がかかったのかもわからない。はっきり思い出せるのは、気の毒にも彫り師を怖がらせたことくらいだ。

私がまず望んだのは、銘の原稿を手に入れることだ。巡査だと名乗り、犯罪の究明に協力するように彼に命じ、金を渡そうとさえした。男は後ずさりした。「ただであげますよ。出ていって、二度とここへ来ないでくれるならね」そう言うと、その原稿の紙切れを、貼ってあったページから切り離そうとしたが、手が震えてうまくいかなかった。私は自分で切り取ると、礼を言おうとした。男は聞く耳を持たなかった。「出ていってくれ。あんたの顔を見てるとぞっとするよ」

プリシラに不利な証拠をもっと握るまでは、彼女が犯人だとそこまで確信するべきではなかったと反論される方もいるかもしれない。彫り師の手からナイフをもぎ取ったのが本当に彼女だとしても、誰かが彼女からナイフを盗み、後で殺人に使ったことも考えられる。いかにもそのとおりだ。でも私は、彫り師の帳面の忌まわしい一節を読んだときから、プリシラが犯人であることを一瞬たりとも疑わなかった。

これからどうしようか何の考えもなしに、駅に戻った。彼女のあとを追って乗るつもりだった汽車は、すでにウォーターバンクを出ていた。やって来た次の汽車はロンドン行きだ。考えが浮かばないまま、それに乗った。

チャリングクロス駅で、ある友人に会い、「ずいぶん顔色が悪いね。一杯やっていこうよ」と誘われた。

そこで私は彼についていった。私にとって酒はまさに必要なものだったようで、おかげで元気が出て、頭がすっきりした。友人とは別れ、しばらくすると、どうするか決心がついた。

まず、警察を辞職することにした。その動機はすぐにおわかりいただけるだろう。次に、パブに泊まった。プリシラはきっとロンドンに戻り、どうして待ちぼうけを食わされたか知るために私の下宿先に来るだろう。心から愛していたただひとりの女性を裁きの場に連れ出すことは、私のような哀れな人間には残酷すぎる務めだった。それくらいならいっそ警察を辞めるほうがましだと思った。その一方で、時の助けを借りて自分を抑えられるようにならないうちにプリシラに会ってしまったら、今度は私が殺人犯になり、その場で彼女を殺してしまうのではないかとひどく恐れていた。私はあの女にだまされて結婚しようとしていたばかりか、潔白なメイドに殺人に関わっているという濡れ衣を着せるところだったのだ。

その晩、まだ苦しめられていた疑問を解消する方法を思いついた。ロスの教区牧師に手紙を書き、プリシラと婚約していることを告げ、どうか私の立場を察して、彼女がジョン・ゼベダイという男とは以前どんな関係だったか教えていただけませんか、と頼んだ。

折り返し、次のような返事をもらった。

「拝啓　そうしたご事情でしたら、プリシラの幸せを願う者や友人たちが秘密にしてきたことを、彼女のために打ち明けざるをえないでしょう。

ゼベダイはこの近所で使用人として働いていました。これほど惨めな死に方をした男についてこんなことを申し上げるのは気の毒ですが、プリシラに対する仕打ちを思えば、あの男が身持ちの悪い薄情なやつだったということは明らかです。二人は婚約していましたが、怒りをこめて付け加えますと、あの男は、結婚すると約束してプリシラを誘惑しようとしていました。でも彼女は貞操が固く拒んだので、あの男は自分を恥じているふりをしました。わが教会で結婚予告が行われましたが、その翌日、ゼベダイは姿を消し、むごいことに彼女を捨てたのです。使用人としては有能でしたから、よそで職を得たのでしょう。哀れな娘がこんな辱めを受けていかに苦しんだかは、ご想像にお任せします。プリシラは、私の推薦状を持ってロンドンへ行くと、目にした最初の求人広告に応募しました。ところが不幸にも、家事奉公を始めたのは、殺人の新聞記事から察するところ、あの男が、プリシラを捨てた後に結婚した女性を連れていった下宿屋にほかなりません。すばらしい娘さんと結婚しようとなさっていますので、ご安心ください。お二人のご多幸をお祈りします」

牧師も、両親や友人も、彼女がナイフを買ったことなど何も知らないのは、この手紙から明らかだった。真実を知る唯一の惨めな男が、妻になってくれと彼女に頼んだ男だというわけだ。私にまで卑劣に捨てられたと彼女に思わせてはいけない。そんな義務があるように、少なくとも私には思えた。どんな結果になるか怖かったが、もう一度最後に彼女に会うべきだと感じた。部屋へ行ったとき、プリシラは仕事中だった。私が扉を開けたとたん、彼女はびっくりして立ち上がった。頬は赤く染まり、瞳は怒りに燃えている。私は部屋に入った。彼女は私の顔を見ると、言葉を失った。

私は思いつくまま手短に話した。

「ウォーターバンクの刃物屋へ行ったんだ。あのナイフの銘は彫りかけだったが、きみの手書きの原稿では最後まで書いてあったよ。ひとことできみを縛り首にできるところだけど……。神よ、お許しを。そのひとことがぼくには言えないんだ」

彼女のつやつやした顔が見る見る恐ろしい土気色になった。発作を起こした人のように目はすわり、一点を見つめたまま、私の前にじっと黙って立っている。私はそれ以上何も言わず、原稿の紙切れを炉の中に投げ入れた。そうして無言のまま部屋から出ていった。

二度と彼女に会うことはなかった。

第八章

ところが数日後にプリシラから便りが来た。その手紙はずっと前に燃やしてしまった。一緒に忘れられたらよかったのだが、心にこびりついて離れない。私が正気を保ったまま死ぬとしたら、プリシラの手紙はこの世で最後に思い出すものになるだろう。

その手紙の大半はすでに牧師から聞いたことの繰り返しだった。だが、ゼベダイがナイフを失くしたのでその代わりにと、似たナイフを記念の品としてプリシラが買ってあげたことが新たにわかった。土曜にナイフを買い、彫ってもらうよう店に置いていった。日曜に結婚予告がされた。月曜に彼女は捨てられ、彫り師の作業中に台からナイフを奪っていった。

ゼベダイが妻を連れて下宿屋にやって来たとき、すでに侮辱されていたのにさらに追い打ちをかけられているように思えたそうだ。料理番として働いていたために台所から出られずにいたので、プリシラが同じ屋根の下にいることをゼベダイは知らなかった。その告白状に書かれた最後の数行を今でも覚えている。

「悪魔に取りつかれたのは、ベッドへ向かう途中であの人たちの部屋の扉が開くかどうか試すと、錠がかかっていないのがわかり、しばらく耳を澄ましてから中をのぞいたときです。消えかかった蠟燭の明かりで二人が見えまして、ひとりはベッドで、もうひとりは暖炉のそばで眠っていました。私はナイフを手にしていましたので、殺人罪であの女が処刑されるようにやってしまおうという考えが頭に浮かびました。事が済んでからはナイフを引き抜くことなどできませんでした。でもどうか忘れないでください！　心からあなたが好きでした。求婚を承諾しなかったのは、あなたがゼベダイを殺した犯人を見つけても、それが自分の妻なら、絞首刑にできないだろうと思ったからです」

それからプリシラ・サービィのことは二度と耳にしていない。生きているのか死んでいるのかさえわからない。彼女を絞首台に送らなかったことで、私が首をつって当然だと思われる方も多いだろう。そうした方々がこの告白を見て、私がベッドの上で恥ずかしくない死に方をしたと聞けば失望するかもしれない。無理もないことだ。悔い改めた罪人である私は、慈悲深いキリスト教徒の皆さまに永遠の別れを告げる。

第四話　ミス・モリスと旅の人

MISS MORRIS AND THE STRANGER

第一章

初めてお会いしたとき、あの人は、英国の廃墟と化した寂《さび》れた町で道に迷っていました。南海岸にあるサンドイッチという港町です。

サンドイッチについてご説明しましょうか。いえ、やっぱりやめておきます。正直なところ、土地の描写などというものは、どんなに見事だろうと退屈になりがちですが、女であるわたしは、もちろん退屈なのが何より嫌いですから。この町の様子は、通りでわたしたちが初めて出会ったときにどんな話を交わしたかをご披露していくうちに、少しずつおわかりいただけるでしょう。

あの人は苛立たしげに話しかけてきました。「道に迷ってしまってね」

「この町を知らない人たちはよく迷うんですよ」とわたしは言いました。

「《白百合亭》という宿へは、どの道をたどればいいんだい?」

まず来た道を戻ってくださいね。それから左に曲がり、しばらくまっすぐ行って、別の道とぶつかったら右に曲がります。今度は左手に二つ目の角を探し、そこで曲がり、馬小屋のにおいがするまで歩けば、お探しの宿がありますよ。はっきりと、ひとこともつかえずにそう教えてあげました。

「そんなに並べ立てられたって、覚えられるもんか」と彼は言いました。

なんて失礼なんでしょう。当然のことですが、わたしたち女は、無礼な男には腹が立ちます。ただし、蔑むようにその人に背を向けるか、慈悲深く礼儀を教えてやるかは、相手によりけりです。無礼な男であっても、それを補う取り柄があるかもしれません。あの人にはたしかに取り柄がありました。顔立ちがいいか悪いか、若いか年を取っているか、身なりが立派かそうでないかは、何とも言えません。でも、彼には人を引きつける魅力があったことだけは断言できます。どんな魅力かというと、まず、彼の話し方には説得力がありました。女性作家の作品には決まって、男性主人公の声についてくどくどと書かれていますものね。それに髪の毛も程よい長さでした。髪を短く刈り込んだ男なんて、女はまっぴらごめんですもの。おまけに背丈もかなりありました。小柄な男に好感を抱けるのは、とても背の高い女くらいなものです。瞳は、色も形もまずまずといったところでしたが、なぜか美しいまつげをしていて、わたしのよりずっと整っていました。冗談ではありませんよ。女にはたいてい虚栄心が強いという弱点があるものですが、それを克服した者もいまして、その女がこうしてペンをとっているのです。

そこでわたしは、道に迷ったこの旅人に礼儀を教えてあげようと、わなを仕掛けてみました。宿まで案内してほしいか尋ねると、彼は道に迷ったことにまだむしゃくしゃしているようで、予想どおりに素っ気なく「ああ」と答えました。

「子供のころに、何か頼みごとをするときは『お願いします』と添えるのよ、ってお母さまから教えてもらいませんでした？」

あの人は顔を真っ赤にし、「たしかに教えてもらいましたよ」と答えました。「それに、失礼なことをしたら、『ごめんなさい』と詫びるように言われました。だからちゃんと言いましょう。『ごめんなさい』」

こんなおかしな詫び方をするなんて、この人にはやはり取り柄もあるのだなといっそう思えてきました。そこで宿へ案内してあげようと歩き始めると、彼は黙ってついてきました。自尊心のある女なら、男の方と一緒にいるのに黙り込んでいるなんて耐えられません。そこで、何とか彼をしゃべらせようと思い、こう切り出しました。

「ラムズゲートからいらしたんですか？」彼がただうなずくのを見て、わたしは続けました。「ラムズゲートなんかたいした所じゃない、ってここの人間は思ってるんですよ。あそこには由緒ある建物はありませんし、初代の町長が、ついこのあいだ選挙で選ばれたばかりなんですもの！」

こんな意見はあの人には新鮮なようでした。言い返そうとはせずに、ただ辺りを見回し、言いました。「サンドイッチって哀愁のある町ですね、お嬢さん」彼は早くも態度を改めていましたので、わたしはにっこり笑ってあげました。サンドイッチの町民として言わせてもらえば、この町には哀愁がありますね、などと言われたら、わたしたちは褒めてもらったと受け取ります。いいじゃありませんか。哀愁といえば威厳を、威厳といえば長い年月を思い浮かべますし、実際、わが町には長い歴史がありますから。わたしは教え子たちにとりわけ論理学を熱心に教えていますけど、妙な女がいるものですね。何と言われようと、女だって論理的に考えることができます。でも、女は話が脱線することもありまして、かくいうわたしも今、脱線中のようです。そもそも、わたしが住み込みの家庭教師をしていることはお話ししましたっけ？　まだでしたら、「教え子たち」と言うのを聞いてずいぶん唐突に感じたでしょうね。どうかお許しください。迷える旅人に話を戻しましょう。

「サンドイッチには、まっすぐな大通りってものはあるんですか？」と彼は訊きました。

「この町にはどこにもそんなものありませんわ」

「何か盛んな産業は？」

「最小限はあります。それだって衰えつつありますけど」

「つまり、ここは荒れ果てた町だってことですね？」

「荒れ果てているもいいところです」

そんなわたしの口ぶりに彼は驚いたようで、「ここが荒れ果てた町だってことを自慢げに話すんですね」と言いました。

わたしはすっかり彼を見直しました。彼の言ったことは、なかなかどうして的を射ていたのです。実際、わが町の人たちは荒れ果てていることに満足しています。何しろそれがこの町の最大の特徴ですから。発展や繁栄は至る所で見られても、荒廃や崩壊はここならではのものです。ですから必然的にこの町にしかない個性が生まれるわけで、わたしたちはそんなふうに個性的であることを気に入っています。ずっと昔に、海はこの町から姿を消しました。以前は堤防まで波が打ち寄せていましたが、今では二マイルも離れた所にあります。でも、海を懐かしんだりしません。昔は港に船が九十五隻も停まっていることがありましたけど、それは何世紀前のことだったでしょう。近ごろは、小型の沿岸航行船を一、二隻、見かけるくらいで、それですらしょっちゅう、濁った小川の浅瀬に乗り上げてしまっています。けれども港に未練などありません。ただし、わが町にも一軒だけ、滞在客が期待できる斬新な下宿屋がありまして、家具付きの部屋を貸すと宣言しています。この町らしいことに、当世風の隣町のラムズゲートとはなんて違うんでしょう！　わが貴き商業界は、組合の作った規則を掲げていますが、週を追うごとにその規則に従う人たちは減っています。好都合じゃありませんか！　川岸の倉庫を見てください。クレーンはふつう動かないままで、窓にはたいてい板が打ちつけてあり、入口には男がひとりいるでしょう。この男は、もっとよく考えればありつけそうもないとわかるような職を探しています。わが国の精神を狂わせてきた、よそでのうんざりするような慌ただしさや働き過ぎに対して、この男はなんて健全な抗議をしているんでしょう！　サンドイッチの町に入るには橋を渡り、馬車に乗っているなら通行料を払うところですが、ジョンソン博士の雄弁な言葉を借りるなら、その橋をひとたび渡れば、「無関心かつ冷静でいられるような形だけの熱意とは、願わくはわたしや友人たちは無縁でありたい」〔ボズウェルの著書『サミュエル・ジョンソン伝』からの抜粋〕ものです。それに、迷路のように入り組んだわが町の通りで迷っていながら、忙《せわ》しい時代に、願ってもない進歩の限界に達し、安息の地を見つけたと喜ばない者がいるなら、博士の言葉をまた借りると、「そんな人間は羨《うらや》むに足りません」

また脱線してしまいましたね。この前の誕生日でようやく分別年齢〔刑法上の責任を持つ年齢〕に達した町民の気まぐれな熱意にどうかご辛抱ください。サンドイッチの話はじきに終わりますから。宿はすぐそこです。

「ここまで来ればおわかりになりますね。では、さようなら」

あの人は、美しいまつげの下からわたしを見下ろしました。わたしが小柄だとお話ししましたでしょうか。そして彼は、説き伏せるような口調で尋ねてきました。「お別れしなければいけないんですか?」

わたしがうなずいてみせると、彼はこう言いました。

「お宅まで送らせていただけませんか?」

ほかの男性にそんなことを言われたら、わたしは腹を立てたでしょう。あの人は少年のように顔を赤らめ、こちらを見ずに歩道に視線を落としました。このときにはもう彼に対するわたしの印象は定まっていました。彼が紳士なのはたしかですけど、恥ずかしがり屋の紳士です。そのぶっきらぼうな態度と、変わった物言いは、やはりひとつには照れを隠そうとする努力の跡であり、またひとつには、恥ずかしいのを意識しないようにするための手段でもあったのです。わたしは、彼の大胆な申し出に、にこやかに愛想よく答えました。「また道に迷ってしまうだけですよ。そしたら、もう一度宿までお連れしなければならなくなりますわ」

なんて無駄なことを言ったのでしょう！　頑固な旅人は新たな手で誘ってきただけでした。

「ここで昼食を頼んでおいたのですが、ひとりぼっちなもので」そして、どぎまぎして口ごもり、横っ面を殴られるものと覚悟しているような顔をして、続けました。「ぼくは今度の誕生日で四十歳になります。お嬢さんのお父上であってもおかしくないくらいの年ですが」わたしは思わず吹き出しそうになり、通りを横切って帰ろうとしました。彼は追いかけてきて、「宿の女主人も誘ってみたらいかがですかね」と言いました。軽率な男そのもので、自分の浅はかさに気づいてうろたえているようです。「女主人が同席すれば、昼食をご一緒していただけますか？」

これではちょっとやりすぎです。「無理に決まっていますわ。おわかりになりそうなものですけど」と容赦なく言ってやりました。彼は手を差し出しかけ、「せめて握手くらいはしていただけますよね？」と哀れっぽく尋ねました。男の方をこっぴどく叱っておきながら、気の弱いことに、すぐ後でその人を気の毒に思うひねくれたところがわたしたち女にあるのは、どういうわけでしょうか。わたしは愚かにもこの見ず知らずの人と握手しました。おまけにその後に走り去ったので、面目丸つぶれでした。わが町の愛すべき曲がりくねった細い道のおかげで、すぐにわたしの姿は彼から見えなくなったはずです。

雇い主の家の呼び鈴を鳴らすと、もっと整然とした心の持ち主ならすでに気にかかっていたであろう考えが浮かびました。

「あの人がサンドイッチに戻ってきたらどうしよう?」

第二章

それからさほど日にちがたたないうちに、心配事ができて対処する必要がありましたので、あの風変わりな旅人のことは、しばらく思い出しませんでした。

あいにく、その心配事はこの物語の一角を占めますし、少女のころの暮らしぶりとも関わっています。後で申し上げるべきことも踏まえ、まずは家庭教師になる前の出来事について少しお話しさせてください。

わたしはサンドイッチの商人の娘として生まれましたが、父は亡くなり、母とわたしに、名声と年八十ポンドのわずかな収入を遺しました。店は手放しませんでした。そのことで得もしなければ損もしませんでしたが、ありのままを言えば、この儲からないちっぽけな店の買い手がいなかったのです。当時わたしは十三歳になっていましたので、健康を害し始めていた母を手伝ってあげられました。ある晴れた夏の日、見慣れない客がうちの店に入ってきたときのことは決して忘れないでしょう。客は年老いた紳士で、わたしのような幼い娘が店を任されていて、しかもそれに見合う才覚があるとわかって驚いているようでした。老紳士の質問にわたしが答えたところ、その受け答え方を気に入ってもらえたみたいです。老紳士はまもなく、わたしが商売の知識は豊富だとはいえ、ろくに教育を受けていないことを知り、お母さんに会えるかな、と尋ねてきました。母は裏の客間のソファーで休んでいて、そこで老紳士と顔を合わせました。部屋から出てくると、老紳士はわたしの頬を優しくたたき、こう言いました。「お嬢さんのことが気に入ったから、また来ると思うよ」そして本当にまたやって来ました。母から、教区牧師のところに行ってこの町でのわたしたちの評判を問い合わせるように言われていましたので、実際に牧師さまに話を聞いてきたのです。わたしたちの唯一の親戚はオーストラリアに移住していましたし、あまりいい暮らしをしていませんでした。ですから母が死んだら、わたしには、頼れる身内が誰ひとりいなくなるところでした。「この子に一流の教育を受けさせてやりなさい」老紳士は、裏の客間ですわってお茶をしながら言いました。「この子はきっとうまくやるよ。学校に通わせるなら、わしが学費を出してあげよう」母はわたしと別れることになりそうだと考えただけで、泣き出しました。老紳士は、「考えておくんだね」と言うと、帰ろうと席を立ちました。わたしが店の戸を開けてあげたところ、老紳士は名刺をくれ、母に聞こえないように小声で言いました。「何か困ったことがあれば、利口にふるまって、手紙を書いて知らせるんだよ」わたしは名刺を見ました。親切なこの客はほかでもありません。わが州にも土地を持っている、サセックス州ガラム・パークのサー・ジャーヴェス・デミアンだったのです！　サー・ジャーヴェスは、母の健康状態について実際のところを、わたしよりもずっと詳しく知っているようでした。きっと牧師さまから聞いていたのでしょう。このすばらしい紳士がわたしたち親子とお茶を飲んだ記念すべき日から四ヵ月たって、わたしが天涯孤独になるときがついに来ました。そのことを長々とお話しする勇気は持ち合わせていません。こんなに時がたった今となっても、あのころの自分を振り返ると気がめいってしまいます。牧師さまが親切にも助言してくださいましたので、それに従い、サー・ジャーヴェス・デミアンに手紙を書きました。

サー・ジャーヴェスと再会してからそれまでのあいだに、わたしばかりか、あの方の身の上にも変化が起きました。

サー・ジャーヴェスは再婚し、おまけに、あの年にしては愚かなことでしょうけど、相手は若い女性でした。新しい奥さまは胸を病んでいて、嫉妬深いところもあったようです。あの方と最初の奥さまとのあいだにはお子さんがひとりだけいらして、男の子ですから跡取りでしたが、そのご子息は父親が再婚したことにひどく腹を立て、家を出ました。家屋敷は直系卑属にしか相続されないことになっていましたので、サー・ジャーヴェスが息子のふるまいに対して不満を表そうにも、現金資産はすべて若妻に遺すという内容の新しい遺言を作ることくらいしかできませんでした。

このことはすべてサー・ジャーヴェスの執事の言葉から察しました。あの方はサンドイッチにいるわたしを訪ねていくようにとわざわざ執事をよこしてくださったのです。

「サー・ジャーヴェスは必ず約束を守られます」執事はわたしに告げました。「お嬢さまをロンドン近郊の一流女学校にお連れして、十八歳になるまで通えるための手はずをすべて整えるようにと仰せつかっております。この先、サー・ジャーヴェスに手紙をお送りになりたければ、どうかサンドイッチのあの牧師さまを通すようになさってください。新しい奥さまのデミアン夫人が病弱なものですから、あいにくお二人は、この国よりも温暖な地で一年の大半をお過ごしになるでしょう。このことをお話しし、幸せを祈っているとお伝えするよう、命じられております」

わたしは、牧師さまのご忠告に従い、不快なほど形式張って持ちかけられたこの申し出を受けることにしました。わが恩人と直接会えなくなってしまったのは、デミアン夫人が手を回したせいではないかと決めてかかっていまして、やはりそのとおりだったと後になってわかりました。夫の優しさとわたしの感謝の気持ちは、ガラム・パークという中立の地で結びつくと、このご夫人の目には夫への不信の種と映ったのです。なんてひどい話でしょう！　わたしは、サー・ジャーヴェス宛てに心からの感謝を込めた手紙を書き残すと、執事に付き添われて学校へ向かいました。まだほんの十四歳でした。

自分が愚かなことはわかっています。かまわないでください。小さな店の娘にすぎませんが、わたしにだってある程度の誇りはあります。新しい生活にはいろいろと試練がありましたけど、耐えられたのはこの誇りのおかげです。

女学校で過ごした四年間、わたしが幸せに過ごしているかどうか、牧師さまが尋ねてくることもありましたし、時おり執事までもが問い合わせてきましたけど、サー・ジャーヴェス本人からはいっさい音沙汰がありませんでした。あの方は、たしかに冬は外国で過ごしましたが、夏になると奥さまを連れて帰ってきました。けれども休暇中の数日ですら、わたしの孤独な身の上を哀れんで、家主の客として——それで十分だったのですが——ガラム・パークに招いてくださることはありませんでした。誇りがなければ、そのことを恨めしく感じたかもしれません。誇りはわたしにこう語りかけてきたのです。「自分の本領を発揮しなさい」わたしは一生懸命に勉強し、品行方正でしたから、女性教師はサー・ジャーヴェスに手紙を書いて、わたしがあの方の親切に完璧なまでに報いてきた様子を伝えてくださいました。でも、何の返事もいただけませんでした。ああ、デミアン夫人ったら！　わたしの単調な生活を変えるようなことは何ひとつありませんでした。ただし、休暇になると、ある友人が帰省する際に数日家に招いてくれることもありました。お気遣いは無用です。誇りのおかげで耐えられましたから。

学校生活も残り半年を迎えるころ、わたしは、将来について真剣に考え始めました。

もちろん、父から遺された年八十ポンドでもやっていけたかもしれませんが、なんて寂しくつまらない生活が待ち受けていたことでしょう！　結婚してくださる方でもいたら別でしたけど、いったいどこで相手を見つければよかったのでしょうか。女学校で受けた教育のおかげで、家庭教師になる資格は十分ありました。一か八か、そんなふうに少しばかり世間を知ってみるのもいいじゃありませんか。たとえ意地悪な人たちに出会うにしても、そんな人たちからは離れて、給料をいただいて辞めることもできるのですから。

牧師さまがロンドンを訪れた際に会いに来てくださって、わたしの考えを支持したばかりか、実行する手段を提供してくださいました。最近サンドイッチに越してこられた立派なご一家が、住み込みの女家庭教師を探しているというのです。その家の旦那さまは、ロンドンから支店を広げようとしている会社に勤めていらっしゃいました。何の会社かは正確に言うまでもありませんけど、特殊な状況下で商業実験として試みられる、サンドイッチ新支店の支店長になっていたのです。よその人には退屈な所だとしても、わたしは故郷へ戻れると思うと、うれしくなりました。そこで、その職を引き受けました。

それからまもなく、執事から恒例の半年ごとの手紙が届き、学校を卒業したらどうするつもりなのか、何か役に立てないか、サー・ジャーヴェスの代わりに尋ねてきました。わたしは、これからは自力でやっていけると思うと、全身が、心地よいぞくぞくする興奮に満たされました。恩人に対する恩を忘れたわけではありません。ただ、デミアン夫人に勝ったとひそかに感じたのです。ああ、同じ女性の皆さんには、理解し、許していただけないでしょうか。

そこでわたしはサンドイッチに戻り、それからの三年間は、これまで命の息を吹き込んでくださった人たちの中でも一番親切な方々のもとで暮らしました。まだその家に身を寄せていたころ、通りで迷っていたあの紳士と出会ったのです。

ああ！　そのころにはすでにあの静かで快適な生活は終わろうとしていました。わたしがおかしな旅人にこの町の衰退しつつある産業について何の気なしに話したときは、旦那さまの商売も傾きかけているなどとは思ってもいませんでした。投機は失敗に終わりまして、旦那さまは、貯金をすべてその投機につぎこんでしまわれていました。もはやサンドイッチにとどまることもできなければ、家庭教師を雇い続ける余裕などなかったのです。奥さまはその悲しい知らせを打ち明けてくださいました。わたしは教え子たちが大好きでしたから、給金は要らないので辞めさせないでほしいと奥さまに申し出ましたけど、旦那さまはそれについて考えてみようともしませんでした。またもや、哀れな人間性を語るよくある話ですね。わたしたちは泣き、キスをして、別れました。

それからどうすればよかったのでしょう。サー・ジャーヴェスに手紙を書くべきだったのでしょうか？

実は、サンドイッチに帰ってきてまもなく、手紙を書いたことがあります。約束を破り、直接、サー・ジャーヴェス本人宛てに送ってしまったのです。家族としての権利などない哀れな娘に親切にしてくださった感謝の気持ちを表し、関心を持っていただけたことに報いるよう努めて、精一杯恩返しをします、と約束しました。その手紙はまったく率直な気持ちで書かれたものです。当時のわたしは家庭教師として幸せに新しい生活を送っていましたので、デミアン夫人へのつまらない恨みなど忘れていましたから。

こうして良い方向に向かってきたなと思い、ほっとした矢先、ガラム・パークの秘書が、わたしの書いた手紙をアフリカのマデイラで病気の妻と過ごしているサー・ジャーヴェスに転送したと知らせてきました。奥さまはゆっくりながらも確実に弱っていました。それから一年もたたないうちに、サー・ジャーヴェスはまたしても妻に先立たれました。今度は悲しんだところで慰めてくれる子供もいません。わたしが送った感謝の手紙には返事がもらえないままでした。悲しみと寂しさに沈んでいる、妻を亡くした男に思い出してもらうのを期待していたとしたら、わたしはまったく理性を欠いていたのでしょう。こんな状況で、つまらない自分の利益のためにサー・ジャーヴェスにまた手紙を書くことなどできたでしょうか。思いやりというありふれた感情が働いてそんなことはできないと思いましたし、今でもそう思っています。そこで、名もない無力な大衆というものいつも受け入れてくれる友人たちに呼びかけるしか手はありませんでした。新聞に広告を出したのです。

いくつか返事が来まして、その中にはとても好感の持てるものがひとつありましたので、わたしはその差出人に人物証明書を送りました。次の手紙では、雇用契約書が同封されていたうえに、前にいただいていた額の倍の給金を提示してきました。

昔話はこれで終わりです。これからは休むことなく話を進めましょう。

第三章

新しい雇い主の屋敷はイングランドの北部にありました。そこへ向かうにはロンドンを通る必要がありましたから、ロンドン市内に数日滞在し、衣類を必要なだけ買い足すことにしました。牧師さまの元使用人で今では郊外で下宿屋を営んでいる方が、わたしを温かく迎え入れ、どの仕立屋にするかという大事な選択をするにあたって相談に乗ってくださいました。ロンドンに着いてから二日目の朝、ある出来事が起きました。牧師さまから一通の手紙が転送されてきたのです。差出人がサー・ジャーヴェス・デミアン本人だとわかったときの、わたしの驚きようを想像してみてください！

手紙はロンドンにあるサー・ジャーヴェス邸から送られたものでした。会いに来てほしいと手短に書かれていまして、というのも、自分の口から直接伝えたい話があるからだというのです。あの方は、わたしがまだサンドイッチにいるものと当然思っていましたので、ロンドンまでの旅費はこちらで持つからそのつもりで考えてくれと追伸が添えてありました。

その日のうちにわたしはあの方の屋敷を訪れました。玄関で名乗っているあいだ、紳士が姿を現し、挨拶もなくいきなり話しかけてきました。

「サー・ジャーヴェスは、ご自分がもうすぐ死ぬものと思い込んでいましてね。そのお考えを確信に変えるようなことは言ってはいけませんよ。あと一年くらいは生きられるかもしれませんから。お友だちの皆さんが、希望を持つように言い聞かせてあげさえすればね」

紳士はそう言うと、帰っていきました。今の方はお医者さまですよ、と使用人が教えてくれました。

わたしは、前にお目にかかってからの、わが恩人の変わりように驚き、心を痛めました。サー・ジャーヴェスは大きな肘掛け椅子にもたれてすわっていました。趣味の悪い黒の部屋着を身にまとい、気の毒なくらいやせてやつれ果ててしまっています。偶然お会いしたのだとしたら、あの方だとわからなかったでしょう。サー・ジャーヴェスは、自分のわきの小さな椅子にすわるよう手招きし、そっと言いました。

「おまえに会いたかったんだよ。死ぬ前にね。いい加減で冷たいやつだと思われているだろうが、無理もない。お嬢ちゃんのことを忘れていたわけではないんだ。会わないうちに年月が過ぎていたとしたら、それは、わしだけのせいではなく……」

サー・ジャーヴェスは口をつぐみました。哀れなやつれた顔につらそうな表情が浮かんでいます。どうやら、亡き若い奥さまのことを思い出しているようです。わたしは、ひたすら心をこめて、手紙ですでに伝えたことを繰り返しました。「何もかも、父親のように親切にしてくださったあなたのおかげです」こう言うと、もう少し勇気を出して、椅子の肘掛けにぶらんとしていたあの方のやつれた青白い手を取り、うやうやしく口に持っていきました。

するとあの方はそっと手を引っ込め、ため息をつきました。きっと奥さまからも時にはそんなふうに手にキスをされたことがあったのでしょう。

「さあ、おまえのことを話しておくれ」サー・ジャーヴェスは言いました。

新しい奉公先のことや、それをどうやって見つけたのかをわたしがお話しすると、あの方はいかにも興味深そうに耳を傾けてくださいました。

「店で会ってすぐにおまえを気に入ったが、わしの目に狂いはなかったようだね。そこまで独立心があるとはたいしたものだ。おまえのような娘にはそんな勇気が必要だからね。でも、わしにも、もっと何かさせてもらわなくては。死んだら思い出してもらえるようなちょっとしたことでいいんだ。何がいいだろう?」

「元気になるように努めてください。それに時々お手紙を書かせてください。本当に、それ以上何も要りません」とわたしは答えました。

「せめてささやかな贈り物を受け取ってくれるね?」そう言うと、サー・ジャーヴェスは部屋着の胸ポケットから金鎖のついたエナメル加工の十字架を取り出し、「たまにはわしのことを思い出しておくれ」と言いながら、金鎖をわたしの首にかけました。そして優しくわたしを抱き寄せると、額にキスしてくださいました。これではもう、たまったものではありません。「泣いてはいけないよ。若い人の悲しい顔をこれ以上思い出させないでほしい……」

またもやあの方は言葉に詰まりました。亡くなった奥さまのことをふたたび思い出していたのです。わたしはベールを下ろし、部屋から出ていきました。

第四章

明くる日、わたしは北部に向かいました。この物語はまたもや華やいできます。けれども、サー・ジャーヴェス・デミアンのことは忘れないようにしましょう。

どうか高貴な方々を紹介させてください。フォスダイク将軍の未亡人である、カーシャム・ホールのフォスダイク夫人、新しい教え子のフレデリック坊ちゃま、エレン嬢ちゃま、エバ嬢ちゃま、それにこの屋敷の滞在客である、ご婦人二人と殿方三人です。

思慮深く凛とした、美しい上品な方だわ。フォスダイク夫人が子供たちについて熱く語られ、ご自身の教育観を話されるあいだに、わたしは奥さまにそんな印象を受けました。以前もほかの方々から同じ考えをうかがったことがありましたので、聞いているふりをし、ひそかにどんな勉強部屋だろうかと品定めしました。広くて天井は高く、勉強するにはうってつけの家具が備えてあります。大きな窓がひとつあり、バルコニーからはテラスと、その向こうには庭園が望め、わたしの乏しい経験の中では最高の勉強部屋です。扉は二つありまして、そのうちひとつは開け放たれていて、かわいい小さな寝室が見えました。わたしのためにあてがわれた部屋で、琥珀色の掛け布にカエデ材の家具付きです。貧しい者が見たところでまずそれと気づかないほど、富と気前の良さが渾然一体となっていました。わたしは初めのうち戸惑いを覚えたものの、何とかその気持ちを抑え、フォスダイク夫人に朗読や暗唱について聞かれたときには答えることができました。そうしたものは、優れた家庭教師なら教えられて当然の、ちょっとした教養だと考えられていたのです。

奥さまは言いました。「発声器官が若くて柔軟なうちに、子供たちに、好ましいさまざまな口調と正しい強調で声に出して読むという技を習得させることはとても大事だと思っているの。こうした訓練を受ければ、大人になってもふだんの会話の中で相手に好ましい印象を与えられますからね。そのためには、詩を暗唱することはとても役に立つわ。お勉強なさってきたことが、わたしの望みをかなえてくれるって期待してもいいかしら?」

その言葉遣いは堅苦しいながらも、丁寧で優しい物腰です。わたしは、学校には朗読法の教師もいたと知らせて奥さまを安心させてあげました。すると奥さまは、三人の教え子たちと仲良くなるようにと出ていきました。

子供たちはなかなか利口でしたけど、男の子は、例によって女の子たちよりは物わかりが遅いようでした。以前のかわいい教え子たちのことをしきりに悲しく思い出しながらも、この家の子たちから好かれて信頼してもらえるよう、できるだけ努めました。そうして信頼を得ることができました。カーシャム・ホールにやって来て一週間後には、わたしたちは心が通い合うようになったのです。

週の初日は、フォスダイク夫人に指示されていたとおりに詩を暗唱する日です。女の子たちのレッスンを終えて、今度はフレディ坊ちゃまに朗読法を教えようと、シェイクスピアの『ジュリアス・シーザー』を開いた――むしろ汚したと言うべきでしょう――ところでした。坊ちゃまはすでに、シーザーの亡骸を前にマーク・アントニーが語るすばらしい演説の出だしを半分ほど暗記していました。そこで今や、微力ながら全力を尽くしてその語り方を教えるのがわたしの務めでした。暖かい朝で、大きな窓は開いていたため、すぐ下の庭から芳しい花の香りが部屋中に漂っています。

わたしは最初の八行を暗唱したところでやめました。初めのうちは、坊ちゃまから多くを求めすぎてはいけないと感じたからです。「さあ、フレディ。わたしがやったように読んでごらんなさい」

「よすんだ、フレディ」庭から声が聞こえてきました。「そんな読み方じゃ、てんでだめだ」

この無礼な人は何者でしょう？　男性であることはたしかですが、妙なことに、この声にはどこか聞き覚えがあるような気がします。女の子たちはくすくす笑い出しました。フレディはもっと率直で、「ああ。なあんだ、サックスさんか」と言うのです。

取るべき道はただひとつ、じゃまされても相手にしないことです。「続けて」とわたしが言うと、フレディは、なんてお利口さんなんでしょう、期待どおりにわたしの語り口をほぼ真似て暗唱しました。
「かわいそうに！」庭から聞こえる声の持ち主は、無礼にも、まじめなわが教え子を哀れむように叫びました。
わたしは、黙っているように女の子たちに目配せをし、椅子にじっとすわったまま、きっぱりと命令するように、サックス氏の無礼なふるまいに対してどう思ったか示してやりました。「またこんなことをなさるなら、窓を閉めなくてはなりませんわ」そんなふうなことを言うと、詫びの言葉が返ってくるものと待ちました。沈黙が流れましたけど、それは何よりの詫びでした。わたしはしかるべき印象を与えたことで満足し、暗唱を続けました。

――ここに私は、ブルータスならびに諸君の許しを得て、
ブルータスは高潔の士であり、
ほかの諸君も皆、高潔な方々だからこそ、お許しくださったのだが、
シーザー追悼の言葉を述べよう。
シーザーは、私には忠実かつ公正な友であった――

「ああ、なんてこった。もう耐えられないね。最後の行をきちんと唱えてくれないか。まあ、ぼ

くのを聞いてくれ」

品格は、とりわけ家庭教師には大事な資質です。とはいえ、どんなに高度な訓練を受けた忍耐力にも限界があります。わたしはバルコニーに飛び出していきました。するとテラスで葉巻をくゆらせているのは、なんと、サンドイッチの通りで迷っていたあの旅人ではありませんか！

わたしの姿を見たとたん、彼のほうもあのときの女だと気づいたようで、「おおっ」と恐ろしげに叫び、急いでテラスの角を曲がって逃げていきました。まるで、わたしのまなざしがすぐ後を追ってくる怒り狂った雄牛であるかのような慌てぶりです。こんな非常時には、慎み深い人間を気取っても無駄でしょう。別の女性なら感情を抑えていたかもしれませんけど、わたしは思わず笑い出しました。フレディも女の子たちも続いて笑いました。こうなってはしばらくは、教育などというものを続けたところで意味がないのは明らかです。わたしはシェイクスピアの本を閉じて、子供たちがサックス氏について話すのを許しました。いえ、本当のことを言いましょう。話すように仕向けたのです。

子供たちは、サックス氏自身から聞いたことしか知らないようでした。まず女の子たちが話してくれました。サックスさんのお父さんもお母さんも、きょうだいも、みんな死んでしまったんですって。六番目に生まれた末っ子だから、「セクスタス」という洗礼名を授かったんだそうよ。そこでフレディが、「セクスタスはラテン語で『六番目』って意味なんだ」と口をはさみました。でもすぐに女の子たちが話を引き取り、お母さんの希望で「シリル」という洗礼名も授かったのよ、

「セクスタス」ではあんまりだから、と教えてくれました。結局、あの人がどちらの洗礼名を使っているかですって？　彼のことを知っていたら、お尋ねにならないでしょうね。もちろん、「セクスタス」です。そちらのほうが悪趣味な名前ですから。セクスタス・サックスなんて、女が好むようなロマンチックな名前ではありませんね。けれど、わたしにはとやかく言う権利などありません。わたしだって、ナンシー・モリスという平凡な名前ですもの。そういえばまだ名乗ってもいませんでしたけど、そんなことがありうるでしょうか。どうか愛想をつかさないでください。サックス氏のことに話を戻しましょう。

あの人は結婚しているかですって？　上の女の子の考えでは、していないとのことでした。母親がどこかのご婦人にサックス氏についてこう話すのを聞いたそうです。「ドイツの旧家の出なのよ。変わったところがあるけど、立派な方でね。でも、とても貧しくて、やっと暮らしていけるくらいなの。なのに、人に何か意見を求められると、年に二万ポンド収入がある人間のように思わず本音を漏らしてしまうんだから！」

「お母さまは、もちろんサックスさんのことをよくご存じなのね？」

「そうだと思うわ。あたしたちだって知ってるわよ。よくここに来るから。大人たちにとってはつまらない相手みたいだけど、あたしたちは、サックスさんといると楽しいの。お人形の気持ちもわかってくれるし、馬跳びをするには英国一の背中をしてるのよ」　そのときまでは、わたしたちはセクスタス・サックスのことを褒めてばかりいました。そこにメイドがわたし宛ての短い手紙を手にしてやって来て、意味ありげな笑みを浮かべながら言いました。「ご返事をお待ちするように言いつかっております、先生」

手紙を開けると、こう書いてありました。

「わが身を大変恥じておりまして、面と向かってお詫びを申し上げる勇気もありません。この手紙でお許しいただけませんか。誓って申しますが、あなたがこの屋敷にいらっしゃることは、昨日到着したときに誰も教えてくれませんでした。暗唱されているのを耳にしたとき、こんなばかげたことを申して許していただけるかわかりませんが、芝居好きのメイドが子供相手に遊んでいると思ったのです。日課の散歩に子供たちと出かけられるときは、ご一緒してもかまいませんか。ご返事は、『はい』か『いいえ』のひとことで結構です。

悔い改めて。S．S．」

わたしの立場で考えられる返事はただひとつです。女家庭教師が知らない殿方と約束するなんて、許されません。たとえ、子供たちが立会人として同席してくれるとしてもです。わたしは、「いいえ」と答えました。快く無礼を許してあげればよかったものを、わたしは多くを求めすぎているのでしょうか。だとしたら、「はい」と答えるべきだったと付け加えておきます。

昼食を済ませると、わたしたちはいつものように散歩に出かける用意をしました。ここで本心を打ち明けましょう。実のところ、サックス氏が、わたしの断った理由を察し、一緒に散歩に行かせてほしいとフォスダイク夫人に頼むのではないかと期待していました。わたしたちが一階に降りるのに少し手間取っていると、下の玄関広間から彼の声が聞こえてきました。実際に奥さまと話しているではありませんか！　何て言ってるのかしら？　ちょうどそのとき、フレディ坊ちゃまが靴ひもの片方を結ぶのに苦労していましたので、手を貸しながら、お二人の会話に耳を澄ますことができました。すると、とてもがっかりしたことに、サックス氏はわたしに腹を立てていたのです。

「新しい家庭教師に紹介してもらうには及びませんよ」あの人がそう話すのが聞こえました。「前にお会いしたことがありますし、しかも好ましくない印象を与えてしまいましたから。どうか、ミス・モリスとは、ぼくのことを話さないようにしてください」

フォスダイク夫人が何も答えないうちに、フレディはかわいい坊やから憎らしいいたずらっ子へと豹変し、大声で言いました。「ねえ、サックスさん！　モリス先生はちっともサックスさんのことなんて気にしてないよ。ただ笑ってるんだから」

すると、いきなり扉がばたんと閉まる音がしました。サックス氏は、わたしを避けようと、一階のどこかの部屋に逃げ込んだのです。わたしはあまりに屈辱を覚えたので、泣きそうになりました。

玄関広間に降りていくと、朝の間の入り口に、散歩用の帽子をかぶったフォスダイク夫人と、屋敷に滞在しているご婦人二人のうちの独身の方がいました。このご婦人、ミス・メルベリーは、フォスダイク夫人に何やら耳打ちしていましたけど、理解に苦しむような好奇の目でわたしを見ました。それからさっと背を向け、玄関広間の奥のほうへと歩いていきました。

奥さまは、「一緒にお散歩させてもらうわ」とわたしに断ると、「フレディ、三輪車に乗ってもいいですよ」と坊ちゃまに声をかけ、それから女の子たちに向かって言いました。「ねえ、あなたたち、木陰は涼しいわよ。縄跳びでもしたらどう」

奥さまはどうやらわたしに特別な話があるらしく、子供たちを先に行かせてわたしたちの声が聞こえないように手を打ったのです。フレディは馬の形をした三輪車に乗って先頭を切り、女の子たちは楽しそうに縄跳びをしながらついていきます。フォスダイク夫人は、そうした状況で口にするにはとびきり決まりの悪い言葉で、話を切り出しました。

「サックスさんとお知り合いなんですってね。あなたがあの人のことを嫌いだと聞いてびっくりしてるのよ」

奥さまはにこやかに笑いました。わたしがサックス氏を嫌っているものと決めつけて、面白がっているようです。男の方が「もっとも情熱を傾けるもの」は何でしょうか。おこがましくて考えられませんが、われわれ女性だと思うと言って差し支えないでしょう。女性が一番情熱を注ぐのは、自尊心を満たすことです。自分は価値があるというばかげた考えがどこか傷つけられた気がして、わたしはお高くとまって無関心を装いました。

「正直な話、奥さま、サックスさんにどんな印象を持たれたとしても、責任は取るつもりはありませんわ。わたしたちが出会ったのはまったくの偶然でしたから。あの人のことは何も知らないんです」

フォスダイク夫人は、茶目っけたっぷりにわたしをじろじろ見ましたが、前にもまして面白がっているようでした。

「たしかにサックスさんはとても変わり者だけど、その風変わりな見かけの裏には、立派な面が隠れているの。でも、あなたの前で自分の話をするなとあの人に釘をさされているんだったわね。機会があれば、わたしなりの方法で、あなた方二人が理解し合うにはどうしたらいいか教えてあげましょう。うまくいけば二人とも感謝してくれるはずよ。ところで、あなたがサックスさんについて何も知らないって聞いたら、ひどくがっかりする人がいるの」

「どなたのことでしょう、奥さま？」

「秘密を守れるかしら、ミス・モリス？　守れるに決まってるわね。ミス・メルベリーよ」

ミス・メルベリーは色の黒い女性でした。わたし自身が色白だからというわけではありませんけど――それほど心の狭い人間でないといいのですが――、色黒の女に引かれないのはたしかです。

フォスダイク夫人は続けました。「あなたにとても嫌われているとサックスさんがわたしに話すのを、彼女は耳にしたもので。それで、あなたが玄関広間に現れたときはちょうど、どうして嫌っているのか突き止めてくれと、彼女に頼まれていたところだったの。彼女はサックスさんへのわたしの評価には満足していないと断っておいたほうがいいわね。わたしはあの人とは昔からの友人だから、当たり前だけど、つい好意的に話してしまうもの。ミス・メルベリーはあの人の欠点を知りたがっているから、あなたがそうしたことを語る貴い証人になってくれるものと期待していたのよ」

これまでわたしたちは歩き続けていましたが、そこで立ち止まり、申し合わせたように互いの顔を見つめました。

それまでのお付き合いの中で、わたしは奥さまの作られた堅苦しい面ばかりを見てきました。自分でも気づかないうちに、どうやら子供たちの好意を得ることで母親の心もつかんでいたようです。今や打ち解ける初めての機会を得られ、高貴なご婦人の中に潜んでいるユーモアのセンスが姿を見せました。一方でわたしは、ミス・メルベリーがサックス氏に並々ならぬ興味を抱くのはなぜかしらと内心思っていました。奥さまはすぐにわたしの考えを見抜き、はっきりとは返事をせずに、好奇心を満足させてくれました。ぱっちりした灰色の瞳をきらきらと輝かせてわたしの顔を見つめ、フランスの古い歌の調べを口ずさんだのです。「これぞ愛、愛、愛！」隠しようがありませんけど、こんな秘密を知って何だかわたしはひどく腹が立ちました。ミス・メルベリーに怒っているの？　それともサックス氏に？　はたまた自分自身に？　きっと自分自身にだったのでしょう。

わたしから言いたいことはもうないとわかると、フォスダイク夫人は懐中時計を見て家の用事を思い出したようでした。ほっとしたことに、これでわたしたちの話は終わりました。

「今夜は晩餐会をしますよ。そういえばまだ家政婦長を見かけていないわね。きれいにしてくるんですよ、ミス・モリス。食後にわたしたちは応接間で過ごしますから、あなたもいらっしゃい」

第五章

わたしは一番上等なドレスを着ました。生まれてからこの方、髪の毛を整えるのにそれほど苦労したことはありません。ここまでしたのはサックス氏のためだと思う愚かな方がいなければいいのですが。他人も同然の男のことを、何だってそこまで気にかけるはずがあるでしょうか。とんでもない。わたしが着飾ったのは、ミス・メルベリーに見せつけるためです。

わたしが控えめに隅のソファーに腰かけると、ミス・メルベリーは、時間をかけて身支度をした甲斐のある表情を見せました。殿方たちが入ってきました。わたしはほんの好奇心から扇子に隠れてサックス氏を見ました。夜会服を着てぐっとかっこよく見えます。あの人はわたしが隅にいるのを見つけ、近づこうかどうしようか迷っているようでした。わたしは最初の奇妙な出会いを思い出し、そのときの情景を心に浮かべると思わず吹き出してしまいました。サックス氏は背中を押してくれていると厚かましくも考えたのでしょうか？　判断がつきかねているうちに、あの人は、わたしのすわっているソファーの空いた所に腰を下ろしました。その朝の出来事の後にこんなことをするなんて、ほかの男にしたら大胆な行動だったでしょう。あの人ですら、大変痛ましいほど決まり悪そうにしていましたから、憐れんでやるのがクリスチャンとしての務めでした。

「握手していただけませんか?」あの人はサンドイッチで口にした言葉を繰り返しました。

わたしは扇子の端からミス・メルベリーをのぞきました。こちらを見ています。わたしが握手に応じると、サックス氏は尋ねてきました。

「大嫌いな男と握手するっていうのは、どんな気持ちなんでしょうね」

「何とも答えようがありませんわ」わたしは何食わぬ顔で言いました。「そんなことはしたためしがありませんもの」

「サンドイッチで昼食をご一緒してくださらなかったじゃありませんか」と彼は言い返しました。「それに心から詫びたとしても、今朝しでかしたことを許してはくださらないでしょうね。あなたに別に嫌われているわけではないなんて、信じられると思いますか。こんなことなら出会わなければよかったんだ。この年になって、いわれのないひどい仕打ちを受けると男は腹を立てるものです。わかっていただけないでしょうけど」

「いいえ、わかりますわ。あなたがわたしについてフォスダイク夫人に話しているのを聞いてしまいましたし、わたしを避けようとして扉を乱暴に閉めるのを耳にしましたから」

サックス氏はいかにも満足そうにこの返事を受け取りました。「では聞いたんですね。それはよかった」

「どうしてです?」

「何だかんだ言っても、ぼくに多少は興味があるってことですからね」

このたわいのないお喋りについてあえてお話ししているのは、わたしには悪意などまったくなかったことがおわかりいただけると思うからです。そのあいだずっとミス・メルベリーは、ギリシャ神話に出てくるあの伝説上の動物、バシリスクのように眼光鋭くこちらをにらんでいました。彼女は、本人が白状したところによると三十路を過ぎていて、ちょっとした財産家でした。とはいえ、こうしたことが哀れな女家庭教師をにらみつける理由にはとてもなりません。サックス氏と彼女とのあいだには、もうひそかに恋愛関係めいたものが築かれているのかしら? 彼女を見ていると突き止めてみたくなりました。あの人の最後の言葉のおかげでその機会ができたからなおさらです。

わたしはこう切り出しました。「あなたに心の底から興味を持っていることが証明できましてよ。わたしなんかよりも、注目すべきご婦人にあなたをお譲りしてもかまいませんわ。彼女を無視しているなんて恥ずべきことです」

サックス氏は戸惑った様子でわたしを見つめましたから、これまでのところは彼女の一方的な片思いだとわかりました。もちろん名前を挙げるわけにはいきません。そこでわたしはただ、しかるべきほうに目を向けました。サックス氏がその方向を見ると、あの人の内気な一面が、自分では隠そうと心に決めているものの、あらわになりました。顔が真っ赤になり、傷つき、驚いているようです。これにはミス・メルベリーはたまらず、立ち上がり、譜面台から楽譜を手に取ると、こちらに近づいてきて、あの人に渡しながら言いました。

「歌いますわ。めくってくださらない、サックスさん」

あの人はためらったようでしたけど、わたしの観察が正しかったかどうかは確信が持てません。そんなことはどうでもいいでしょう。ためらいがあろうとなかろうと、サックス氏は彼女の後についてピアノに向かっていきました。

ミス・メルベリーは落ち着き払って、ものすごく広い声域で歌いました。わたしのそばにいた紳士は、彼女は舞台に立つべきだなと言いました。わたしもそう思います。客間は広々としていたとはいえ、彼女には十分な大きさではありませんでした。次にその紳士が歌いました。声量はありませんが、とても美しい声で、大変心がこもっています。わたしはその紳士のために楽譜をめくりました。それからピアノのわきにすわっていたすてきな老婦人が話しかけてきて、今世紀初めの偉大な歌手たちについて語ってくれました。サックス氏はうろうろしていて、その姿をミス・メルベリーは目で追っています。わたしは、わが尊敬すべき友人の話に引き込まれていましたので、サックス氏など眼中にありませんでした。やがて晩餐会が終わり、わたしたちが寝室に引き上げようとしていると、あの人はまだうろついていて、しまいには、寝室用の蠟燭《ろうそく》を一本譲ってくれました。でも、わたしはすぐにその蠟燭をミス・メルベリーにあげました。なんて楽しい夜だったのでしょう。

第六章

　翌朝、わたしたちは客のひとりが取った突拍子もない行動にあぜんとしました。サックス氏が始発の汽車でカーシャム・ホールを去ったのです。誰も理由を知りませんでした。

　母なる自然は女性たちに重荷を課してきたと、少なくとも哲学者は唱えます。そうした学識者たちは、ヒステリーの発作もその重荷の中に含めているのでしょうか？　もしそうなら心から同意します。わたしの場合は話すまでもありませんけど、自分の部屋でひとりのときに持病の発作を起こし、オーデコロンと水による治療を受け、それからは興味の尽きない教職にいそしんでいるうちにそんな発作のことなどすっかり忘れました。大好きな教え子のフレディは、誰よりも早起きして果樹園で朝の空気を吸っていたときに、サックス氏を見かけ、今度はいつ来てくれるの、と尋ねたそうです。するとあの人は、「来月にはまた来るよ」と答えました。フレディったら、かわいいこと！

　そうするうちに、勉強部屋のわたしたちは、これからは家ががらんとして退屈になると予感していました。残っている泊まり客は、週末には出発する予定でしたし、女主人もスコットランドの旧友を訪ねる約束をしていましたから。

次の三、四日のあいだに、たびたびフォスダイク夫人と二人きりになりましたが、奥さまはサックス氏についてはひとことも触れませんでした。でも何度か、あの耐えがたい意味ありげな笑みを浮かべてこちらを見ているのにわたしは気づきました。ミス・メルベリーはまた別の意味で不快でした。階段で偶然会うと、彼女の黒い瞳は、憎しみと蔑みの一瞥を投げかけてきたのです。このご婦人二人は思い込んでいたのでしょうか。わたしが……。

まさか。当時はそのことを突き詰めて考えないようにしていましたけど、今もやめておきます。

週末が訪れて、カーシャム・ホールにはわたしと子供たちだけが残りました。

わたしは自由に使える時間を利用して、サー・ジャーヴェスに手紙を書きました。丁重に体の具合を尋ね、今回も家庭教師としての職に大変恵まれたと伝えたのです。折り返し返事が来ました。勢い込んで手紙を開けると、最初の数行に書いてあったのは、サー・ジャーヴェスが亡くなったとの知らせでした。

手紙が手からこぼれ落ち、わたしは小さなエナメル加工の十字架に目を落としました。そのときの気持ちをお話しする立場にはありませんけど、どれほどわたしがあの方にお世話になったかを考えてみてください。この世の中でわが身の上がいかに寂しいものだったかを思い出してください。わたしは子供たちに休みをやりました。気分がすぐれないからだと言いましたが、それは事実にすぎませんでした。

そういえば最初の数行しか手紙を読んでいないと思い出すまでに、どれほど時間がたったことでしょう。手紙を拾うと、二ページもあると知って驚きました。中断したところからまた読み始めたとたん、頭がくらくらしてきました。最初の三つの文を読んでからは、自分の気が触れたのではないかという忌まわしい不安に耐えきれなくなったほどです。何も誇張していないと代弁してもらうために、ここにその箇所を引用します。

「亡き依頼人の遺言書はまだ検認されておりません。しかし遺言執行人の許しを得て、貴殿が重要な利害関係者であることを内々にお知らせします。サー・ジャーヴェス・デミアンは、七万ポンドに及ぶ動産をすべて、貴殿に無条件で遺しています」

手紙がそこで終わっていたら、わたしは突飛なことをせずに済んだのでしょうか。とても想像がつきません。ところが、サー・ジャーヴェスが依頼した法律事務所の首席弁護士である、手紙の主は、自身のために書き添えておきたいことがありました。その書き方があまりにひどいものでしたので、わたしはすぐに頭に血が上りました。ここに文面を書き写すことはできませんし、しようとも思いません。手紙の趣旨をお話しするだけでとてもむかむかしてきます。

その男がそんなふうに書いたのは、自分は遺言に不服があるとわたしに気づかせたかったからなのは明らかです。これまでのところ、わたしは彼について不平をこぼしているわけではありません。そうした考えを持たれたのも、なるほどもっともだからです。でも、彼は、「遺言者が、一家には赤の他人に興味を示すという、この途方もない証拠に接して」驚いた様子を記すことで、わたしのほうがサー・ジャーヴェスに圧力をかけたのではないかという疑いをほのめかしました。実に恥ずべきことですので、この話題について長々と語るわけにはいきませんけど、その言い回しは抜け目なく抑制されていたことは付け加えておくべきです。複数の解釈が可能でしたから、露骨に腹を立てたりしたら、自分にやましいところがあると認めることになるのはわたしにもわかりました。けれど彼の意図は明らかでした。少なくともその一端が以下の文面に表れています。

「現在のサー・ジャーヴェスは、ご存じでしょうが、父上の遺言によって深刻な影響を受けません。不動産全体の限嗣財産の相続人として、すでに十二分な配慮がなされているのです。しかし、昔からの友人方が無視されたのはもちろん、故サー・ジャーヴェスのご存命の親戚がおひとり除外されています。サー・ジャーヴェスとは血を分けた近親です。この方が遺言に異議を唱える場合には、当然ながらまたご連絡いたしますので、その節は当方を貴殿の法律顧問にご紹介くださ い」

その手紙は、わたしの居場所がなかなか見つからずに送るのが遅れたと詫びて終わりました。それでわたしがどうしたかですって? 牧師さまかフォスダイク夫人に手紙を書いて助言を求めたのだろうって? めっそうもない!

初めのうちはあまりに腹を立てていましたから、どうするべきか考えられませんでした。郵便の集配時間は遅かったので、頭が粉々に砕けるかと思うくらい痛かったとはいえ、休んで気を落ち着ける時間はたっぷりありました。冷静さを取り戻すと、誰かに助けを求めなくても自分の務めを果たすことができると感じたのです。

たとえ弁護士に優しく接してもらっていたとしても、現金資産を相続する権利のあるご存命の親戚がいらっしゃるのに、わたしが受け取るべきでなかったのはたしかです。このわたしが莫大な財産で何を望んだというのでしょう。夫を買うことでしょうか？　いいえ、まさか！　女が自由になる金銭など持っていたら、「結婚して六週間後には、キスして、あるいは力づくで取り上げられる」と偉大なる大法官はおっしゃいましたけど、わたしが耳にしてきた数々の話からすると、実にごもっともです。苦労したのは、遺産を放棄することではなく、しかるべき厳しい調子で、かつ、わが自尊心に正当な敬意を払って返事を述べることでした。わたしの書いた手紙は次のとおりです。

「拝啓　サー・ジャーヴェス・デミアンの訃報に接し、いかに悲しかったかを言い表そうとして、お気をわずらわせるつもりはありません。その点についても勝手な意見を持たれてしまうでしょうから。人間性に関するあなたさまの望ましからぬ経験から二度と判断されたくなどありません。

遺産について申せば、寛大なわが恩人には心から感謝しておりますが、ご辞退申し上げます。

お手紙で触れられていたサー・ジャーヴェスのご親戚に財産を譲るにあたって、署名すべき必要書類をぜひ送っていただけたらと思います。こちらからどうしてもお願いする条件はただひとつ、わたしが遺産を放棄することで恩恵を受ける方から、お礼を送っていただくのはご遠慮願いたいということです。このたびのわたしの動機が正当に評価されるにしても、ただ義務を果たしたからといって、感謝の言葉を受けたくはありません」

そこで手紙は終わりました。思い違いかもしれませんけど、力強く書けたと思います。

やがて正式な受け取り通知が届きました。遺言の検認が済むまで書類を待つように、そしてそのあいだはわたしの名前は絶対に伏せておくべきだと書いてありました。この文面での遺言執行人の方々といったら、弁護士と同じくらい横柄でした。衝動的にされたと思える決定を考え直す時間をわたしに与えるのが、自分たちの務めだと感じたのです。ああ、男たちは、少なくとも一部の男たちはなんて仕事熱心なのでしょう。わたしはうんざりして通知をしまい、遺産から解放されるときが来るまで、そのことは考えまいと決心しました。亡きサー・ジャーヴェスのいとしい形見にキスをし、それをまだ眺めているうちに、お利口さんたちが自ら進んで入ってきて、気分はどうかと尋ねてきました。わたしは部屋の日よけを下ろさなくてはなりませんでした。そうでなければ、涙を浮かべているのを子供たちに見られてしまったところです。母が亡くなって以来初めて心の痛みを覚えました。あの子たちを見て、自分も幼かった幸せなころを思い出したのでしょう。

第七章

遺言は検認が済み、書類は準備中だという知らせを受けたところに、フォスダイク夫人がスコットランド旅行から戻ってきました。

奥さまは、わたしが青ざめて疲れた顔をしているのに気づき、こう言いました。

「あなたとサックスさんが理解し合う手助けをするべきときが来たみたいね。失礼なまねをしたことを悔い改めてみたかしら？」

わたしは顔が赤くなるのが自分でもわかりました。実際、サックス氏にひどい仕打ちをしてしまったとずっと考えていまして、心から恥じてもいたのです。

フォスダイク夫人は冗談とも本気ともつかずに続けました。「礼儀についてのご自分の感覚と照らし合わせてごらんなさい。あの気の毒な紳士は、ご婦人に楽譜をめくるように頼まれて断るほど無礼ではなかったことで、責められてもしかたないっていうの？　同じご婦人がしつこく言い寄ってきたとしたら避けられたかしら？　翌朝、あの人は彼女から逃げ出したけど、どうして出ていったのか、話してもらう資格があなたにあった？　とんでもない。あんなに意地悪くミス・メルベリーに寝室用の蠟燭を渡してしまったというのに、そんなわけないでしょ。おばかさんね。あなたがあの人に恋してるって、わたしが気づかないとでも思ってるの？　ありがたいことにあの人はとても貧しいから、あなたを妻にして、子供たちから奪うことはしばらくできないわ。寛大にもあなたが許してもらっても、婚約期間が長く続くでしょう。ミス・メルベリーに、あの人を連れて戻ってくるよう頼みましょうか？」

とうとう奥さまはわたしを不憫に思い、机に向かってサックス氏宛てに手紙を書き始めました。二十マイルほど離れた田舎の屋敷からあの人は返事をよこして、三日後にはカーシャム・ホールに着く予定だと知らせてきました。

その三日目にわたしが署名すべき法律書類が郵便で送られてきました。日曜の朝のことです。わたしは勉強部屋にひとりきりでした。

弁護士からの手紙には、「サー・ジャーヴェスのご存命の親戚で、血を分けた近親」とだけ記されていましたけど、この書類にはもっと明確に書いてありました。サー・ジャーヴェスの甥、つまり妹の息子であるとの説明があり、名前が続きます。

それは、セクスタス・シリル・サックスだったのです。

この事実を知ってわたしがどう感じたかを説明しようとして、三枚も紙を使いましたが、次々に破り捨てました。そのことを考えるだけで、わが心は当時のようにどうしようもなく驚き、混乱してしまうようです。これまでわたしたち二人のあいだにあったいっさいの経緯にもかかわらず、まさしくあの人は今この家に向かっています！　書類の一番下にわたしの名前を見つけたら、どう思われるでしょう。いったいどうすればいいのかしら。

膝に書類を置いたまま、どれくらい呆然としていたのかわかりません。誰かが勉強部屋の扉をたたき、中をのぞいて何か言うと、去っていきました。しばらくして扉がまた開きました。肩にそっと手をかけられたので、見上げると、フォスダイク夫人が立っていて、ものすごく心配そうな顔でどうしたのと尋ねてきました。

奥さまの声を聞くと、わたしは口を開く気になりました。サックス氏のことしか考えられず、こう言えただけでしたが。「あの人、いらしたんですか？」

「ええ。あなたに会いたがっているわ」

そんなふうに答えると、奥さまはわたしの膝に置かれた書類をちらっと見ました。なすすべのなくなったわたしは、とうとう分別のある生き物らしくふるまいました。ここでお話しした一部始終をフォスダイク夫人に打ち明けたのです。

わたしが話しているあいだ、奥さまは身動きもせず、黙ったままでした。話が終わると、奥さまはまず抱きしめてキスしてくれました。そうやってわたしを励ますと、今度は亡きサー・ジャーヴェスについて語り始めました。

「わたしたちはみんなばかなまねをしたの。再婚に反対し、いたずらにサー・ジャーヴェスの気分を損ねてしまって。わたしたちというのは、あなたではなく、あの方の息子や、甥や、わたし自身のことを言っているのよ。再婚してあの方が幸せになるなら、夫婦の年齢に開きがあろうと、何だって口出しすることがあったでしょう。実は、セクスタスが真っ先に自分のしたことを後悔したの。彼が不純な動機を疑われるのを愚かにも恐れたりしなかったら、サー・ジャーヴェスは、妹の息子にそんなにも善良なところがあるとわかったでしょうに」

奥さまは、それまでわたしが気づきさえしていなかった遺言の写しをさっとつかみました。

「親切な老人があなたのことを何て言っているか、ごらんなさい」奥さまは遺言の文言を指さしながら言いました。わたしにはとても読めなかったので、代わりに奥さまに読んでいただくしかありませんでした。「現金は、わたしが施したささいなことでは足りないくらい尊い、純真で私心のない人柄を当てにできる、ある人物に遺そう」

わたしはフォスダイク夫人の手を握りしめましたが、言葉が出ませんでした。次いで、奥さまは法律文書を手に取りました。

「自分らしくふるまうんですよ。浅ましくためらうなんてまねはよしなさい。セクスタスは、犠牲を払うのに見合うくらい、あなたのことが好きなの。署名しなさい。そうしたら、わたしが証人として次に署名しましょう」

わたしはためらい、言いました。

「あの人にどう思われるでしょう？」

「署名しなさい！」奥さまは繰り返しました。「今にわかるわ」

わたしは言われたとおりにしました。奥さまから、弁護士の手紙を貸してほしいと頼まれましたので、いやな当てこすりを含む部分は折りたたんだまま、恩恵を受けるのが男なのか女なのかも知らずにわたしが財産を放棄したことを示す、先に引用した言葉だけが見えるようにして渡しました。奥さまは、わたしの手紙の下書きと、署名済みの権利放棄承認書も手に取ると、部屋の扉を開けました。

わたしは、「どうか戻ってきて、どうなったか教えてください」と頼みました。

奥さまはにっこり笑ってうなずくと、出ていきました。

ああ、待ち望んだ扉をたたく音が聞こえるまで、なんて長い時間が過ぎたのでしょう。「お入りになって」とわたしは苛立たしげに叫びました。

フォスダイク夫人にまんまとやられました。代わりにサックス氏がやって来たのです。あの人は扉を閉め、わたしたちは二人きりになりました。

サックス氏は真っ青な顔をしていました。こちらに向けられた瞳は血走っていて、驚きの色が浮かんでいます。氷のように冷たい手でわたしの手を取り、黙ったまま口元に持っていきました。あの人の動揺している様子を見ていると、わたしは勇気づけられましたが、それがどうしてかはいまだにわかりません。どこか同情をそそるところがあったのはたしかです。わたしは大胆にもあの人を見つめました。あの人はまだ口を閉ざしたまま、テーブルに手紙を置くと、その横に署名された書類を添えました。それを見るとわたしはさらに大胆になり、先に口を開きました。

「まさか断りませんよね？」

「心から感謝します。言葉では表せないほどあなたをお慕いしていますが、それはお受けできません」

「どうしてです？」

「その財産はあなたのものです」あの人は優しく言いました。「ぼくがどんなに哀れかを思い出して、これ以上言わなくてもどうか察してください」

深くうなだれ、片手を差し出し、わかってくれるよう無言で頼んできました。こうあってはもう耐えられません。わたしのような立場の女性が心に留めておくべきだったあらゆる配慮を忘れてしまいました。思わず、向こう見ずな言葉を口走っていたのです。

「わたしの贈り物は受け取ってくださらないんですね？」

「ええ」

「このわたしと一緒ならいかがです？」

その夜、フォスダイク夫人は、いつにない方法で茶目っけたっぷりなユーモアのセンスを発揮しました。暦をわたしに渡すと、こう言ったのです。

「どのみち先に求婚したことを恥じる必要はないわ。あなたはただ、昔ながらの女性の特権を利用しただけなのよ。今年は、女性から求婚してもいいという言い伝えのある閏年《うるうどし》だもの」

第五話　ミスター・レペルと家政婦長

MR. LEPEL AND THE HOUSEKEEPER

第一エポック

イタリア人は生まれながらの役者だ。

もう何年も前のこと、ローマのある劇場ですわっているとき、私はこの結論に達した。旅に同行していた友人のロスシーも心から共感してくれた。経験を積んだわれわれには評価する資格が十分あった。何しろそのころまでには、イタリアのほぼすべての都市を訪れていたからだ。劇場が開いていればどこへでも、旅回り劇団の興行を観に出かけたが、一貫して下手な演技を見たことはなかった。英国ではまったく無名の男女の役者が、大半は現代的な喜劇や戯曲の中で、ほかの国の劇場では類のないほど高度な演技力を発揮してみせたものだ。無能なイタリアの役者もたしかに存在するにちがいない。だが私の経験した限りでは、そんなイタリアの大根役者は、英国でロンドンの観衆を前にしてイタリア人俳優のサルヴィーニやリストーリの脇役を務めた人物の中に、ちらほら見られたくらいだった。

当時のイタリアでは、夜の興行は二つの劇で構成されたが、まもなくお話しする出来事が起きたときは、二番目の劇は導入部しか観ることができなかった。その劇の一幕については、後でロスシーと私自身がそれを思い出しては影響を受けたことを考えると、この話の冒頭数ページを占めるに値するだろう。

その劇の舞台は、政治的秘密結社、カルボナリ党が数々の陰謀を企てていたころのイタリアの公国のひとつだった。主な登場人物は、強い友情で結ばれた青年貴族二人と、下層階級に生まれた美しい娘だ。

芝居の幕が開いて目の前に現れた背景は、監獄の中庭だ。苦境に立たされた美しい娘がいて、たしかシーリアという名だったが、看守の娘に悲しい胸の内を明かしている。父親は無実の罪に問われて監獄でやせ衰えているし、自らはかなわぬ恋に苦しんでるという。看守の娘に秘密を打ち明けかけたところで、ちょうど青年貴族二人が登場したので、シーリアは口を閉ざした。すぐに娘たちは退場し、友人同士である二人の貴族はその劇の本筋へとつながる会話を始めた。二人は、名前は忘れてしまったが、侯爵と伯爵だったことだけは覚えている。

侯爵は、現在の大公とその政権に対して陰謀を企てた罪に問われた結果、有罪と判決され、その晩に銃殺刑を受けるよう宣告されている。人生にうんざりした人間のようにあきらめて刑に服するつもりだ。若いとはいえ、ひととおり娯楽を経験してきたが、楽しんだわけではないし、趣味も夢も望みもない。死を歓迎すべき解放だと考えている。友人に別れを告げるために面会を許された伯爵は、侯爵が脱獄可能な策を考え出していた。侯爵は感謝の気持ちを示すが、銃殺されたほうがいいと思い、こう言う。「命など惜しくないさ。きみのように幸せな男ではないからね」これを聞いた伯爵はずっと秘密にしてきた事実を語る。魅力あふれるシーリアを愛しているが、報われぬ恋だ。彼女は、その評判には何の汚点もなく、男が妻に望みうる美点をすべて備えている。だが伯爵という社会的地位からすると、身分の低い女性との結婚はご法度だ。悲しみに暮れた彼も、希望のない人生など耐えがたい重荷だと思っている。侯爵はすぐに友人のために尽くす方法を見つける。自分は裕福で、好きなように金が使えるので、シーリアに、イタリア一の金持ち女性にしてあげられるくらいの結婚持参金を遺産として与えようと申し出るのだ。伯爵はこの申し出を聞いてため息をつくと、こう言う。「どんなにお金があっても、まだ障害は残るよ。父上がシーリアとの結婚を反対する決定的な理由は、彼女の家柄が気に入らないことだからね」侯爵はわきのほうに歩いていくが、少し考えて懐中時計を見ると、新しい案を思いついて戻ってくる。「まだ二時間ほどぼくの命は残されているな。シーリアを呼びにやるんだ。たった今ここにいたんだが。たぶん父親の独房にいるだろう」伯爵にはこの提案が何を意味するか見当もつかない。侯爵は自分の考えを説明する。「シーリアに求婚するのを許してくれないか。きみのためなんだ。監獄の教戒師が結婚式を執り行ってくれるだろう。日暮れまでには、きみの愛する娘はぼくの未亡人になる。ぼくの未亡人なら貴婦人だからね。この国の最高位の貴族にだってふさわしい妻になれるさ」伯爵は抗議し、断るが、無駄に終わる。シーリアを見つけるように看守が送られる。彼女の登場だ。伯爵はその状況に耐えられず、恐ろしくなって慌てて去っていく。侯爵はシーリアに心中を打ち明け、自分と結婚すべき理由を並べる。貴族の未亡人になれば、伯爵と結婚できるばかりか、過酷な投獄生活を強いられて力尽きつつある、無実の老人の自由までも手に入れられるだろう、などと。シーリアはためらうが、葛藤の末、親への愛が物を言い、承諾する。看守は、教戒師がお待ちですと知らせにくる。花婿と花嫁は監獄の礼拝堂へと退場する。舞台にひとり残った看守は、町の遠くで何やら物音がするのに気づくが、何の音なのかわからない。それは小さくなったかと思うと、また大きくなり、監獄のすぐ近くで聞こえてきて、ついにさまざまな声の入り混じった怒号として正体を現す。陰謀がまた起きたのだろうか。そう！　全住民が立ち上がり、兵士たちは民衆に発砲するのを拒み、おびえた大公は大臣たちを罷免し、憲法制定を約束する。侯爵は、結婚式を終えてシーリアを妻にして戻ってくると、恩赦を与えられ、改造内閣における高い地位を提供される。新たな人生が目の前に開かれようとしている。ところが、知らぬ間に友人の前途を台なしにしてしまったのだ！　この印象的な場面で緞帳《どんちょう》が下りる。

われわれ観客がまだ第一幕に拍手を送っているあいだ、ロスシーにはびっくりさせられた。殴り殺された男みたいに、隣にすわっていた私のほうに倒れてきたからだ。劇場のむっとする暑さに耐えられなかったらしい。私たちは、新鮮な空気を吸わせようとすぐに彼を外へ運び出した。わが友は正気を取り戻すと、ぼくのことは放っておいて劇の結末を観てきてくれとしきりに頼んだ。彼はまた気を失いそうに見えたので、私は、一緒にホテルに戻るよ、と言い張った。

翌日、私は、同じ劇が再演されるか確かめようと劇場に出かけた。切符売り場は閉まっていた。

劇団はローマを去っていたのだ。

結末を知りたくて、隣の書店まで足を運んだ。その劇の脚本を買えないかと期待していたが、誰も何も知らなかった。イタリア作家のオリジナルなのか、はたまたフランス作品の盗作なのか、後者だとしたら駄作にされてしまったのだろうが、教えてくれる者はいなかった。未完成品として私はそれを観たわけで、そのときから今に至るまで未完のままだ。

第二エポック

この話を書こうと思ったのは、ひとつには、潔白なのにひどい中傷を受けてきたわが元家政婦長の名声を守るためだ。その目的を遂げようとばかり夢中になっていたので、ようやく今になって、部外者たちは、私や友人についてもっと詳しく知りたいのではないかと気づいた。「物語の冒頭で興味を持ってもらいたいなら、登場人物たちの人となりを教えてほしい」と言うかもしれない、と。

なるほど、もっともなご意見だ。だがあいにく私はその要望に応じるのにふさわしい男ではない。そもそも自分の性格に判断を下すなんてとてもできない。第二に、わが友のことを公平に書くなど無理に決まっている。大学時代に、ロスシーは、恐ろしい不慮の死に遭うところだった私を命がけで救ってくれた。そんな私が彼の欠点について語れるわけがあろうか。だいたい欠点に気づくことさえできない。

こうした厄介な状況にあるうえに、主人やその友人たちに対する使用人の意見は、概して好意的になりすぎないことを当てにできるので、わが家の従者にわれわれの人柄について証言してもらいたいと思う。

ローマでの第一夜、どうもぐっすり眠れずに、たまたま目が覚めていたとき、従者がホテルの中庭でひそひそと私たちについてうわさするのが聞こえてきた。ちょうど寝室の窓の下で話していたのだ。従者が英語のわかる使用人仲間のひとりにどんなことを言ったか、思い出せることはすべて正確にご報告しよう。

「うちの旦那が親戚に恵まれてるってことは知っておいてもらわないと。本人は爵位のないただのレペルだが、伯父さんは著名な弁護士のレペル卿で、亡くなった父親ときたら銀行家だったんだから。金持ちだったかって？　たしかに金持ちだったろうな。えい、いまいましい！　いや、旦那は結婚していないし、しそうもないな。この前の誕生日に四十になったんだそうだ。まさに年のいった独身男さ。ひっくるめて見れば悪い男じゃない。一番の欠点は、これまで会ったことのないような軽率な人間だってところさ。何かふと思いつくと、とびきり妙なまねをして、他人にどう思われようが気にしやしない。レペル家の人間はみんな、ちょっといかれてるそうだ。いや、そんなに古い家柄じゃない。旦那の友だちのロスシー坊やの一族に比べたらたいしたもんじゃないってことさ。なんでも、ロスシー家の先祖はスコットランドの古い王家だそうでね。ここだけの話、その王家ってのは子孫にろくに金を遺さなかったんだ。娘たちのひとりが金持ちのうちの旦那に嫁げたら、ロスシー家の連中はうれしいに決まってるさ。そりゃもう、あの家はえらく貧乏だからな。おれたちと一緒に旅しているこの坊やときたら、生まれてから五ポンド紙幣だって余分に持ったことがないんだと。頭がいいのは認めるが、時々、他人を疑いすぎるところがある。でも気前がよくて、ああ、坊やの長所は認めてやるが、ささやかながら気前がよくて、時にはソブリン金貨でチップをくれたりするんだ。もらうさ。そりゃ、ありがたくもらうよ。何だって？坊やは仕事をしているかだと？　まさか！　慰みに化学を、実験か何かをかじっているだけで、それについてとんでもない出まかせを言うんだ。この前は、水のようなものが入った、指ぬきほどの小さい瓶を見せてくれて、ホテルのみんなを殺せるくらいの毒だって言うんだから。ばかげてるだろ！　また時計が鳴ったかい？　そろそろ寝る時間だな。おやすみ！」

こうして私とロスシーの人となりは、英国一優秀な従者である不心得者によって、容赦なく正義の原則に基づいて描かれた。これでわれわれがどんな人間かおわかりいただけただろう。では先を続けよう。

私は、劇場でのあの夜のすぐ後にロスシーと別れた。彼は友人のヨットに乗り込むため港で待っていようと、イタリア中部の港町、チヴィタヴェッキアへ向かった。私はチロルやドイツを通ってのんびりと帰途についた。

英国に戻ってからは、わが人生を左右する出来事がいくつか起きた。そうした出来事は、当時は取るに足りないことに思えたが、共に幸せに過ごしてきたロスシーと私のそれまでの関係を一変させる結果を招くことになった。

最初の出来事は、ロンドンの自宅に帰るとすぐに起きた。私宛てに届いていた数通の手紙の中に、伯父のレペル卿からの招待状を見つけたのだ。サセックス州の田舎屋敷で数週間過ごさないかとの誘いだった。

ここ何年も、伯父から招待状を受けては何かと口実を作って断ってばかりいたので、今回もロンドンで約束があると断るのは実に決まりが悪かった。伯父とは不仲なわけではなく、彼を避けていたのはただ、英国の田舎屋敷でのありきたりな暮らしぶりが嫌いなためにすぎない。政治に無関心で、狩猟を好まず、しろうとの音楽に我慢ならない、世間話の苦手な男には、田舎の社会は性に合わない。今回はあいにく、私はまったく不本意ながらもレペル卿宅を訪れたが、伯父に別れを告げる日が早く来たらいいのに、と最初から願っていた。

伯父の家の決まりきった生活は、前回訪れたときと変わりなかった。

伯父は相変わらず巨匠のコレクションを自慢し、自宅のギャラリーが不思議にも焼失を免れた例の話を繰り返した。私は、伯父の客の中でも、同じ政党に属するなじみの下院議員連中と旧交を温め、お決まりの退屈な楽しみを共にした。レペル家は皆、生粋のローマカトリック教徒だが、私は、以前から住み込みで勤めている司祭にあいさつし、毎日きっちり同じ時間に早い朝食を取り、いつも断固として食事の時間を知らせる呼び鈴には心の中で毒づいた。唯一変化が見られたのは家の外だ。屋敷の門番が亡くなり、残された未亡人のライマー夫人と、その娘のスーザンは、こぎれいな番小屋にとどまっていた。伯父の好意で門の管理を任されていたのだ。

その家に着いた翌朝、私は散歩していると、屋敷へ戻る途中でにわか雨に遭い、番小屋に逃げ込んだ。

以前からライマー夫人の亭主は実に立派な人間だと買っていたが、夫人のことはあまり好きになれなかった。夫人はいわば自分より家柄の劣る者と結婚していて、そのことを少し意識しすぎていた。私利に抜け目のない女で、身勝手にも自分の現在の社会的地位に不満を抱いていたし、何か目的ができると手段を選ばないところがある。ライマー夫人について説明するならそんなところだ。娘には病弱な子という印象しかなかったが、久しぶりに彼女を見て驚いた。遅咲きの花は、虫にも食われず健やかに咲き誇っていた。スーザンは今や十七歳になり、愛らしくてしとやかな娘に成長していたのだ。生まれながらに物腰が優美で上品な彼女は、私には生まれっきの貴婦人に思えた。私が番小屋に入っていくと、スーザンは隅のテーブルで本を数冊並べて書き物をしていたが、立ち上がって奥に引っ込もうとした。私は、どうかそのまま作業を続けてくれと彼女に頼み、何をしているのか尋ねた。彼女は頬を染め、澄んだ青い瞳をきらきら輝かせながら、答えた。「フランス語を覚えようとしているんです」天気は持ち直しそうもなく、私は勉強を見てやろうと申し出た。スーザンはとても熱心で優秀な教え子だとわかったので、それからも時々小屋に立ち寄っては、レッスンを続けた。伯父の客の中でも若いほうの男たちは、彼らが「門番の娘」呼ばわりしているスーザンに対して私が親切にすることについてばかげた解釈をした。礼儀正しさとは何たるかについての私の考えからすると、少し無遠慮すぎたほどだ。悪ふざけをやめさせるくらいきつい口調で、ぼくはスーザンの父親でもおかしくない年なんだぞ、と彼らに言ってやった。次に小屋を訪れたときに、ライマー夫人が賢明にもこうした軽薄な紳士たちにはあまり近づかないようにしてきたと聞いてうれしかった。

レペル家を発つ日が訪れた。卿は優しい別れの言葉をかけてくれ、ロスシーはどうしているか尋ねてきた。「お友だちが戻ってきたら、知らせなさい。彼は由緒正しい旧家の出だからね。今度きみをわが家に招待するときは、彼も誘いたいから、そのことを思い出させてくれ」

汽車に乗る前に、私は当然ながら、別れを告げようと番小屋に寄った。ライマー夫人だけが出てきたので、スーザンに面会を求めた。

「娘は、今日は気分がすぐれないもので」

「部屋にこもっているんですか？」

「客間にいますよ」

思い違いかもしれないが、ライマー夫人はそっけなく返事をした。私は自分の目でスーザンの様子を確かめようと、番小屋に入っていった。するとかわいそうに、わが教え子は隅にすわって泣いているではないか。どうしたのか私が訊いても、「ひどい頭痛」がしてと弁解するばかりだ。若い娘の気持ちは皆目見当がつかないが、スーザンは理解できない何らかの理由で私を見る勇気がないらしい。

「お母さんとけんかでもしたのかい？」と私は訊いた。

「まさかそんな！」

あまりにも真剣に否定されたので、よもやうそをつかれているとは考えられなかった。悩みの種は何であれ、秘密にするには彼女なりのわけがあるにちがいない。

フランス語の本がテーブルに置いてあったので、私はレッスンについて少し触れてみた。

「これからも勉強をきちんと続けてくれたらうれしいんだが」

「できるだけやってみます……あなたに手伝っていただけなくても」

とても悲しそうにそう言うのを聞いて、私は純粋にスーザンを励ましたくなり、郵便でレッスンを続けてあげようと申し出た。

「週に一度、課題をよこしなさい。直して戻してあげるから」

スーザンは、恥ずかしそうに小声で礼を言った。そんな様子の彼女を見るのは初めてだ。私は励ましてやろうと懸命に努めたが、別れ際に握手するとき、うまくいかなかったのがわかった。若い人たちがしょげたところを見ると、こちらまでがっかりしてしまう。スーザンが気の毒でならなかった。

第三エポック

私の欠点のひとつは、従者の示したリストには含まれていなかったが、家庭内の問題に追われるのが嫌いなことだ。私の留守中に下僕が愚かなまねをしたので、帰宅するとすぐに辞めてもらうしかなかった。私がこんなふうに権力を振るって家長として家事に干渉するのは、これが最後となった。お払い箱になった飲んだくれに取って代わる勤勉な下僕を見つけるのは、優秀な家政婦長のモジーン夫人に任せたのだ。彼女は、長身で丸々と太って血色のよい立派な若者を見つけた。名はジョゼフといい、人格は非の打ちどころがない。こうしたささいな出来事に触れる理由はただひとつ。後になって、それがゆっくりと私に巻きつく鎖となったからだ。

伯父から滞在を延ばすように頼まれていたので、最愛の身内である妹に関わる心配事がなければ、同意していたことだろう。妹は、心から愛していた夫に先立たれてからというもの、健康を害していた。私は、サセックス州に滞在中に妹の容体について知らせを受けたので、急いでロンドンへ戻った。それから一ヵ月あまりたつと妹を亡くし、天涯孤独となった。妹には子供はなく、男兄弟は二人とも若くして結婚もせずに亡くなっていたのだ。

この不幸のせいで、私は、自らの死後の財産処分をめぐって、実に困った立場に追い込まれることになった。

それまでは遺言書を作成していなかった。わが財産はもっぱら現金のみで、法律上順当にいけば、誰よりも有効にそれを費やす人、つまり一番近い身内である妹に渡るだろうと心得ていたからだ。だが今の状況では、私が遺言を残さずに死ねば、わが財産は伯父のものとなるだろう。伯父は私よりも裕福なばかりか、子供は二人とも男で、長男は父親の家屋敷を相続するはずだし、次男はすでに母親の豊かな財産を受け継いでいた。私に対して家族として何がしかの要求をする資格のある者は皆無だったので、貧困と不幸の改善がますます求められている現状を見極め、自分のあり余るほどの富を慈善施設に寄付する義務があると感じた。ささやかな遺産に関しては、長年にわたる忠実な奉公を考慮し、有能な家政婦長のモジーン夫人に与えるべきだと思った。好きなようにさせてもらっていたら、喜んでロスシーにかなりの遺産を残すことにしていたのは言うまでもない。だが実際はそうならなかった。わが友人は、金銭面にかけては病的なほど神経質な男だ。彼と付き合い始めたばかりのころ、遺言ではきみに配慮させてもらいたいと、それが自分のためでもあるので頼んだ際に、最初で最後の口げんかをしそうになったことがある。ロスシーはこう言った。

「ぼくが貧しいからこそ、きみの親切につけ込みたくないんだ。ありがたいとは思っているが」

その言葉をどう取ったらいいのか、私は理解しかねたのではっきりとそう言った。

彼は続けた。「わかってもらえるだろうが、金目当てできみと仲良くしているのだと世間から思われたら、二度と名誉を回復できないだろう。そんなことありえないなんて言わないでくれ！世間から見れば、ぼくのほうが不利な状況にあることは、きみにもわかってるはずさ。そもそもお金なんてほしくない。わずかな収入だけで十分だ。よかったらぼくを遺言執行人にして、お決まりの五百ポンドの謝礼だけ残してくれ。もしその額を超えるなら、これっぽっちも手をつけないと名誉にかけて宣言するよ」それから私の手を取り、力を込めて握りしめた。「頼むからこの話は二度としないでくれ」

ここはこちらが折れなくては、でなければ友人を失うだろうと私は思った。

そこで遺言を作るにあたって、指示された条件でロスシーを遺言執行人のひとりに指名した。次にささやかな遺産が適切に文書化される際には、私は財産の大半を公共の慈善団体に遺贈すると記した。

弁護士はテーブルに遺言の清書を置いて、こう言った。

「あなたのようなお若い方にしては、なんてわびしい財産の処分方法なんでしょう。ひとつお年を取られるまでには、新たな指示を受けられるものと期待しています」

「どんな指示ですか？」と私は訊いた。

「将来の妻子に配慮した指示ですよ」

妻子だって！　そんな考えはとてもばかげていると感じたので、思わず吹き出してしまった。私にしてみれば、まさかこんなときにおかしなことが起きるとは思ってもいなかったのだ。

弁護士が部屋から出ていくと、私は清書されたばかりの遺言書をぼんやり眺めながらひとりすわっていた。そのとき、玄関の戸を激しくたたく音が聞こえ、そのたたき方から誰が来たか察した。しばらくするとロスシーが晴れやかな顔で現れ、私のさえない部屋をぱっと明るくしてくれた。その朝、地中海から戻ってきたところだった。

「おじゃまかな？」私の前に置いてある手書きの文書を指しながら尋ねてきた。「木でも書いてるのかい？」

「遺言書を作ってるところでね」

ロスシーは態度を変えて、真剣にこちらを見て、こう訊いた。

「前にきみの遺言について話し合ったときに、ぼくが言ったことを覚えてるかい？」私はすぐに疑いを晴らしたが、彼はまだ少し不満そうだった。「遺言をしまってくれないか。死を連想させるものは見たくないんでね」

「署名が済むまで少し待ってくれ」私はそう言うと、証人たちを呼ぼうと呼び鈴を鳴らした。

モジーン夫人が現れた。ロスシーは、私の遺言ばかりか、この家政婦長まで片づけてほしがっているみたいな目つきで夫人を見た。初対面のときからこの好人物の夫人が嫌いでならないようだ。彼女には外見的に嫌悪感を抱かせるところは何もないはずだ。小柄でほっそりした控えめな女性で、青白い顔に、明るい茶色の瞳をしている。物腰は穏やかで、声は低く、上品な灰色のドレスは年相応だ。どうして彼女が嫌いなのか、ロスシーは自分でもまったく説明できず、理不尽な偏見を自ら茶化して、ねずみ色の帽子リボンをつける女は嫌いだなどと言った！

私は、遺言の署名に立ち会ってもらう証人が必要でね、とモジーン夫人に説明した。そのときに部屋にいたのだから当然だが、彼女は、私も証人のひとりになれるでしょうか、と尋ねた。

私は「いや」と言わざるをえず、彼女に恥をかかせないように理由を話した。

「この遺言では、きみの労をねぎらってもいるんだ。証人になってもらうと、遺産を受けられなくなってしまうよ。男の使用人たちをよこしなさい」

モジーン夫人は、いつもながら如才なく、黙ったまま目つきだけで感謝の意を表すと、部屋を出ていった。

「何だって、遺産については触れずに使用人たちをよこすように言えなかったんだ？」とロスシーは尋ねた。「レペル、とてもばかなまねをしたね」

「どこがだい？」

「きみが死んだら得をするとモジーン夫人に思わせてしまったんだよ」

気の毒なモジーン夫人にこんなばかげた偏見を示されては、真剣に返事などする気になれなかった。

「いつぼくが殺されるっていうんだい？　そもそもどんなふうに？　毒殺かな？」

「本気で言ってるんだ。きみはあの家政婦長に惑わされてるんだよ。きみが遺産について話したときのあの女の目に気づいたかい？」

「ああ」

「何も感じなかったのか？」

「年のわりには珍しく若々しい目をしてるなって感じたさ」

そこに従者と下僕が現れたので、このおしゃべりは中断した。遺言書が完成し保管されると、私はロスシーと彼の船旅について話し始めた。航海は万事順調だったし、地中海沿岸のたぐいまれな美しさといったら形容しがたいほどで、名高いヨットでの航海はその名に恥じないものだったようだ。さらに運のよいことに、ロスシーは生まれて初めて儲け話にありついて英国に戻ってきたという。

「お宝を見つけたんだ」彼はきっぱり言った。

「元はうす汚い小さな現代絵画だったんだが。パレルモ〔シチリア州の港市で州都〕にある裏通りで手に入れてね。グィード・ダ・シエナの『聖母子』なんだよ」

さらに説明を聞くと、売りに出されていたその絵はどうやら銅板に描かれていたようだ。その珍しい材質が、それを覆っている粗末な絵とはちぐはぐなことに気づいたロスシーは、価値ある美術品が偽装目的で塗り重ねられたという有名な話を思い出したのだった。金属自体の価格しかしなかったので、ロスシーはその絵を買い、化学に詳しいため自分の考えが正しいか試してみたところ、うまく復元できた。ヨットに客として乗り合わせていた有名なフランス人画家は、復元された絵はたしかに本物のグィードの作品だと言った。私は、こんな評価を受けたと聞くと、わが友が発見した絵を別の専門家たちに鑑定してもらうだけの価値はあるだろうと確信した。そこで批評家数人に個別に意見を聞いたところ、初めてその絵の品定めをした画家の見解を支持した。こうした結果が得られると、次にロスシーはその絵を売るべきか助言を求めてきた。私はすぐに伯父のことを思い出した。グィードの本物の作品なら、きっと屋敷のギャラリーに加えてもらえるだろう。頼まれていたとおり、わが友人が帰国したと伯父に知らせさえすればよかった。レペル卿の屋敷に招待されたら、その絵を持っていくことにしよう。

第四エポック

折り返し伯父から返事が来た。所用があるので一ヵ月訪問を延ばしてほしいという。そして一ヵ月たつと、ぜひわが家に来てほしい、好きなだけいてもらってかまわないと招待を受けた。

それまでにほかの出来事が起きた。やはり取るに足りないことではあったが。

ある午後、いつものように公園で馬を走らせようと考えていると、使用人が花籠を手にして現れた。ライマー夫人からの伝言が添えられていて、娘からのささやかな贈り物を受け取ってくださいと書いてある。夫人は玄関広間で待っていると聞いたので、通すように使用人に命じた。もっと早くお話ししておくべきだったが、スーザンは毎週欠かさず課題を送ってきていた。それを直して送り返してあげた際には、しかるべき称賛の言葉を添えたこともある。花を贈ってくれたのは、どうやら、世話になっている先生に教え子から感謝の気持ちを示すためのようだ。

このときはライマー夫人が私に対して反感を抱いているようには見えなかった。少しばかりあいさつを交わしただけで、私は彼女の態度が前回とは極端に変化しているのに気づいた。大げさなくらい礼儀正しく敬意を払って、ご親切にも会ってくださってありがとうございますとか、娘の贈った花をテーブルに飾ってくださるなんて誇らしいですとか、くどくどと話すものだから、私は面食らってしまった。そこで何とかして彼女のおしゃべりを止めようと、ロンドンに来たのは用事でか、それとも遊びでかと、それが実際に大切なことかのように訊いた。

「ほら、用事があったんですよ。亡くなったうちの人がなけなしの貯金を銀行株に投資していましてね。配当を受け取ってきたところなんです。娘が思い切ってレペルさまに花を少し贈ったからといって、大胆すぎるとは思わないでくださいよ。あたしに手出しさせず、あの子はたしかに自分の手で花を集めて籠に盛ったんです。花そのものは受け取っていただくだけの価値はたいしてありゃしませんが、なぜそんなことしたのか説明させていただくと……」

私はまたもやライマー夫人の話をやめさせようとして、娘さんはこれ以上ないくらいすてきな贈り物をしてくれたよ、と言った。

いくら話しても疲れ知らずの女は、ますます淀みなく話し続けるばかりだった。

「娘は、課題を見てくださっているご親切をとてもありがたく誇らしく思っていましてね。フランス語の難しさなんかあの子には何ともないようです。今ではあなたに喜んでいただくためにやってますから。勉強に熱中しすぎてるもので、あたしが健康のために運動させようとしても、その気にさせるのが難しいくらいで。覚えておいででしょうけど、スーザンは、幼いころはずっと、病弱なほうでした。父親の体質を受け継いだんですよ。あたしのではなく」

ここで大いにほっとしたことに使用人が現れて、馬が玄関で待っていますと知らせにきた。ライマー夫人が口を開いた。私は、その口から詫びの言葉がどっとあふれ出てきそうなのに気づいたので、すぐに帽子をつかむと、約束があるもんで、ときっぱり言った。そして、そんな母親を持ったことに心から同情しつつ、スーザンによろしく伝えてくれ、じきに伯父の家に戻ってフランス語のレッスンを再開したいと思っているから、と付け加えた。ほかに覚えているのは、無事に馬に乗り、ライマー夫人の舌の届かないところに逃げられたことくらいだ。

思い返してみると、あの女には何か下心があり、私が急に去ったために目的が果たせなくなったのは明らかだ。かわいくて慎み深い娘に誠実に関わっているとすでに示してきた男に対して、今さら娘の魅力を売り込もうとあれほど執拗にこだわるのは、どんな思惑があってのことだろう。その謎を解き明かそうとしたが、どうにもお手上げだった。

ロスシーと一緒にレペル卿宅を訪れる予定の三日前、私は、人生のちょっとした苦難のひとつに耐える必要に迫られた。つまりは大きな晩餐会に招かれたのだ。それは十月の雨降りの日で、開け放たれた窓と、めったに閉まることのない扉のあいだにすわる羽目になった。震えながらベッドに入り、翌朝は頭痛がし、息苦しくて目が覚めた。医者に診てもらったところ、気管支炎にかかっていた。たいしたことはなく、外出を控え、必要な治療を受ければ、十日から二週間後には伯父との約束を果たせるだろうとのことだ。

おとなしく従うしかなかった。そこでロスシーと話し合って、彼には予定どおり例の絵を持ってレペル卿宅をひとりで訪れてもらい、私も、旅ができるくらい元気になればすぐにあとを追うことにした。

ロンドンを発つ予定の日、わが友は親切にもしばらく相手をしてくれるためにやって来た。彼を部屋に案内したのはモジーン夫人で、薬の瓶を手にしている。この実直な女性は、私が医者からの言いつけを時々忘れてしまうとわかっていたので、指示された間隔で薬を飲ませる任務に励んでいた。夫人がいつものようにその務めを果たして部屋を出ていくとき、ロスシーは冷ややかな好奇心に満ちた目で彼女を追った。そして二人きりになったとたん、こんな妙な質問をしてきた。

「あの新米の使用人を雇ったのは誰だい？　亜麻色の巻き毛をした太ったやつさ」

「使用人を雇うのは、あまりぼくの得意とするところではないからね。モジーン夫人に任せたんだ」

ロスシーはまじめな顔で枕元まで歩いてきた。

「レペル、きみのご立派な家政婦長はあの太った若い下僕に惚れてるよ」

気管支炎を患っている男を笑わせるのはたやすくはない。だがおかしさが込み上げてきて、胸にからし軟膏を塗っている身でも、とうていこらえられなかった。

ロスシーは続けた。「きみを元気づけようと思って、今朝、この家に来ると、従者が表の戸を開けてくれてね。ぼくがその恩着せがましく労を取る様子に驚くと、従者は、ジョゼフはほかの用事で忙しいものですから、と教えてくれたんだ。ぼくが『誰かさんとの用事かい？』って、彼の冗談に調子を合わせて訊くと、『ええ、家政婦長とですよ。髪のとかし方を教えてもらっていまして。一段と男前に見えるようにってね』という答えが返ってきた。モジーン夫人が辞めてしまうかもしれないと覚悟しておくんだな。特に万が一お金を持っていようものなら」

「ばかばかしい！　あの気の毒な女性は、ジョゼフの母親といってもいいくらいの年じゃないか」

「おいおい、そんなことジョゼフは気にしやしないさ。わが家が男の使用人を雇えるくらい裕福だったころ、下僕はまたとないほど美男子で、今の私と同じくらいの年だったが、片脚が不自由な醜いばあさんと結婚したんだ。どうしてそんなばかなまねをしたのかぼくが尋ねると、下僕はすっかり腹を立てて、こう言ったさ。『旦那さま！　だって六百ポンド持ってるんですよ！』って。やつは、ばあさんとパブをやってるよ。ぼくらがひとつ年を取らないうちに、あの家政婦長がパブのカウンターでビールをついで、ジョゼフが休憩室で酔っ払ってる姿をきっと見ることになるさ」

私は、ロスシーの子供じみたユーモアをそれ以上楽しめるほど元気ではなかった。しかも大げさな話が実際に面白いものであるには、いかにわずかでも多少は事実に基づいていなければならない。わが家政婦長はれっきとした家柄の出で、もともと誇り高い人物だ。彼女の弟は、私がここ数年間利用していた薬局の開設時には責任ある地位についていたし、亡き夫は生前自作農を営んでいて、破産したのは彼には何ら責任のない災難のせいだ。心優しいモジーン夫人は、ジョゼフみたいな気立てのよい若者には母親のように世話してあげたくなる女性であるにすぎない。一方でわが家の従者には悪ふざけを楽しむために純粋な行為を曲解するところがあり、ロスシーが軽率にも彼をけしかけるときはことさらだ。私は病人であるのをいいことに、話題を変えた。

一週間が過ぎた。ロスシーから便りがあるものと期待していたが、驚きがっかりしたことには、一通も来なかった。

スーザンはもっと思いやりのあるところを見せた。とても控えめな美しい言葉遣いで、病気になられたとロスシーさまから聞きました、早く回復されるように母と共に祈っています、と書いてよこしてくれたのだ。ライマー夫人は礼儀正しいものだから、数日後にわざわざロンドンまで足を運び、玄関先で私の具合を尋ねたが、もちろん会ってやらなかった。夫人は、またうかがいますと伝言を残して去った。

また一週間が過ぎた。そのころまでに気管支炎はすっかり治っていたが、具合がとても悪く外出できなかった。

医者としても、目下現れている私の症状を理解しかねるようだった。私は我慢できないくらいのひどい吐き気を覚え、不可解にも体力が衰えたせいで気分までめいってしまった。なぜか努しようという気にもなれず、実のところ、伯父宛ての手紙をモジーン夫人に代筆してもらい、まだ訪問できるほど回復していません、と伝えたくらいだ。主治医はさまざまな治療法を試してみたし、家政婦長は注意を怠らず処方薬を飲ませてくれたが、すべて無駄に終わった。大変権威のある内科医が呼ばれて助言を求められたところ、困り果て、途方に暮れた医者たちが決まって口にする最後の言い逃れをした。どこが悪いのかと私が訊くと、内科医はこう答えた。「痛風をこじらせたんでしょうな」

第五エポック

三週目の中頃、伯父から次のような手紙が届いた。

「きみの友人のロスシーくんに帰ってもらうよう頼まざるをえなかった。自分では認めたがらないが、彼は愚かにも門番の娘に本気で恋してしまったようだ。戒めてみたが耳を貸してくれなかったので、きみだけでなく彼の父君にも手紙を書いている次第だ。伝えたいことはもっとあるが、元気になったきみに会えるときのために取っておこう」

この急を知らせる手紙を受け取ってから二日後、ロスシーはわが家に戻ってきた。

私は具合が悪かったが、ロスシーを見たとたん苦しみなど忘れた。彼はひどく興奮して憔悴した様子で、正気を失った人みたいに、血走った目でこちらを見つめている。

「ぼくが気でも違ってると思ってるのかい？　そのとおりなんだろうな。彼女なくしては生きていけやしないいんだから」彼は私と握手すると、開口一番そう言った。

だが私は、ほかの誰よりも彼に大きな影響力を持っていたので、体も心も弱ってはいたものの、その力を発揮した。徐々に彼は理性を取り戻し、いつもどおりに話し始めた。

事の次第を聞いて私まで驚きをあらわにしていたら、軽率なばかりか、彼に対しても自分に対しても恥ずべきことだったろう。私は、ロスシーがスーザンに慌てて恋心を打ち明けたかもしれないと心配になって、まずそのことを確かめた。もっとも、彼の地位からすると、彼女に結婚を申し込むのはご法度だったが。私は彼を見くびっていた。高潔なロスシーは、かないそうもない――彼はかなうと思っていたが――希望を抱くような残酷な思いをするのは避けていたのだ。と同時に、少なくとも彼としては、彼女に好ましく思われていると信じるだけの理由があった。

「あの子はぼくを見るといつもうれしそうだった」哀れにもロスシーは言った。「話題はいつもきみのことばかりで、あの子は、きみが親切にしてくれたと、とてもかわいらしく感謝の気持ちをこめて話していた。ああ、レペル、ぼくの心をつかんだのは彼女の美しさだけじゃない。天使のような心にも惹かれたんだ」

もはや言葉が出ないようだった。ロスシーとは長い付き合いだったが、私の覚えている限りでは、彼が泣き出すのを見るのは初めてだ。

私はとても驚き心を痛めたので、自制心を保っていられなかった。何とか慰めてあげたくて、父親に思い切って打ち明けてみたか、と尋ねた。

「ほら、きみはお父上からかわいがられているじゃないか。将来に一縷《いちる》の望みはないのかい?」

彼は父親に手紙を書いていたようで、黙ったまま、折り返し届いた返事を見せてくれた。

それは私がよもや期待しなかったほど穏やかな調子で書かれていた。父親のロスシー氏は、自分たちも恋愛結婚だったし、妻の社会的地位は、スーザンよりは高いにしろ、自分より低かったと認めた。無理もないことに誇らしげにこう書いていた。

「われわれくらいの家になれば、妻を自分たちの地位まで引き上げてやれる。だがこの若い娘は、二重の不利な立場にあって苦しんでいる。家柄がよくないばかりか、貧しいときてるからね。おまえは彼女に何をあげられるっていうのか。何もない。そして私はおまえに何を与えられるだろう。何もない」

つまりは、主な障害はスーザンが貧しいことだけだと考えてよさそうだ。しかも私には金があるじゃないか！　興奮のあまり、子供みたいに軽率にもその場の思いつきでロスシーにこう言った。

「ぼくから離れているあいだ、昔からの友のことを一度も思い出さなかったのかい？　ぼくが一筆書けば、スーザンをきみの妻にしてあげられるってことくらいわかってるだろ」ロスシーは黙ったまま呆然と私を見つめた。私は机の引き出しから小切手帳を取り出し、手元にインク壺を置き、こう言った。「スーザンの結婚持参金くらい、ぼくが一行書いて端に署名を添えれば済むことさ」

ペンが紙に触れる瞬間、ロスシーが叫び出すのを聞いて、私は手を止めた。

彼は大声で言った。「なんてこった！　ローマで観たあの芝居のことを考えてるんだな！　今度はぼくらが舞台に立ってるってわけか？　きみが侯爵を、ぼくが伯爵を演じてるっていうのかい？」

　私は、突拍子もなく過去の話を引き合いに出されてとても驚いた。われわれの人生が危機に瀕している今、あの芝居の山場が再現されているのに気づいて呆気に取られたあまり、ペンを持つ手を止めた。生まれて初めて迷信的な恐怖らしき感覚を覚えていたのだ。

　ロスシーが先に我に返った。私が心の中で考えていることを誤解したようだ。

「恩知らずだとは思わないでくれ。ねえ、いいかい、ちょっと考えてみろよ。そしたら、そんなことできないってわかるはずさ。きみからもらった金で裕福になったスーザンとぼくが結婚なんかしたら、ぼくらはなんて言われるだろうか？　かわいそうに、純潔なあの子は、きみに捨てられた愛人と呼ばれてしまうだろう。それにきみはこう言われるさ。『あいつはあの女に惜しみなく金をつぎこんで、貧しい友がそれを利用したんだ』ってね」

　考えもしなかったことが実に率直に表現されるのを聞いて、私は自分が間違っていたと認めざるをえなかった。何と返事をしたらいいんだろう。どうやらロスシーはそんな私に同情したようで、優しくこう言った。

「きみは具合が悪いんだから、休んだほうがいいよ」

　それから彼は別れを告げようと手を差し出した。私は、せめて当分のあいだはぜひわが家に泊まっていってくれ、と言った。ふつうに説得しても聞き入れてもらえなかったので、次に身勝手な口実をもうけて頼んだ。

「ぼくの具合が悪いって、気づいたよね。そばにいてほしいんだ」

彼はすぐに承諾した。

寝苦しい夜のあいだずっと、私は、どんな精神療法なら実現できそうか考えてみた。その結果、この国を離れて転地療養したら心が安らぐか試してみるよう、ロスシーを説得するくらいしか有効な方法を思いつかなかった。でも、ひとり旅を勧めるのは論外だ。そこで古くからの友人のひとりに手紙を書いた。地中海巡りにロスシーをヨットで連れていった男だ。

彼は、まさにその日、冬のあいだはヨットをドックに入れておくよう指示を出したところだったが、すぐに電報でその指示を撤回してくれ、こう言った。「ぼくは暇な人間だし、きみに負けないくらいロスシーが好きなもんでね。彼の行きたい所ならどこへでも連れていこう」こうした好意を向けられた本人を、ありがたく甘えるよう説得するのは容易ではなく、何を言おうと興味をもってもらえなかった。そこで例の絵はどうしたのか聞いてみたところ、伯父の家に置いてきたそうで、売られたのかどうか知らないし、知りたくもないとのことだった。最終的にロスシーの心を動かしたのは、医者の意見だった。私の健康を考えて次のように話してくれたようだ。医者の言葉をそのまま引用しよう。

「ご友人にこう諭したんです。あなたが思うままにふるまわれるせいで、弱っているレペル氏に耐えられないほどの心配をかけていますよ、ってね。そこでロスシー氏はすぐに、あなたの忠告に従ってヨットに乗り込むことを約束してくださいました。ご存じのように約束を守る方ですからね。失礼ですが、あの方は医療に携わっていた経験でもおありなんでしょうか?」

私は否定してから、どうしてそんな質問をしたのか教えてほしいと頼んだ。

医者は答えた。「ロスシー氏は、あなたの病気について知っていることはすべて話してくれるよう頼んでこられたんです。もちろん私は承諾し、新しい治療法を取り入れたばかりで、効き目があると確信する十分な根拠があるとお話ししました。あの方は、あなたの症状や、どんな治療法が試みられたかにとても関心がおありのようで、私の話したことを手帳に書き留めていらっしゃいました。あんまり感心なさるものですから、ひょっとして同僚と話しているのではないかと思ったくらいでして」

友人が私の回復を願っていると聞いてうれしかった。私がもっと元気なら、どうして彼が手帳にそんなことを書き込んだのか、疑問に思っただろう。

三日後に、ロスシーが私の健康状態を心配してくれている別の証拠を聞いた。

ヨットの持ち主が手紙をよこし、私の具合はどうか、これから向かう英国の南海岸の港宛てに知らせてほしいと頼んできたのだ。「こちらによい知らせが届かなければ、ロスシーは、自身の心の平和を取り戻すべくぼくらが立てた計画を力ずくで覆し、船を降りて自らきみの枕元で具合を確かめてしまうかもしれない」

私はかなり苦労しながらも何とか気力を振り絞り、自筆で数語書いた。それは気の毒な友人のためについたうそだった。追伸では、私たちの期待どおりの効果がロスシーに見られるか聞かせてくれるよう、手紙の相手に頼んだ。

第六エポック

退屈な日々が続いた。時が過ぎても、新しい治療法が効くという医者の確信が正しかったと証明されることはなく、私はいっそう弱っていった。

伯父が会いに来てくれ、私の容体がとても心配らしく、自分のかかりつけ医に相談すると言い張った。同時にわが主治医のたっての頼みで、別の権威ある医者も呼ばれた。こうした名医殿たちは一度ならず秘密の協議をし、やがてある見解を示すことに意見がまとまった。とうとう伝えてもらった見解は、ギリシャ語とローマ語を起源とする難語だらけのあいまいなものだった。彼らが部屋を出ていくまで待ってから、私は主治医に訴えた。「あのお医者さんたち、本当はどうお考えなんですか？　生き延びられますって？　それとも死ぬんでしょうか？」

主治医は、著名な同僚たちはもちろん、自分のためにも答えた。「われわれは新しい薬が効くと堅く信じています」

私は、それがどういうことか理解した。医者たちには真実を告げる勇気がなかったわけだ。私はどうしても本当のことが知りたかった。

「どのくらい持ちます？　年末までですか？」

返事は恐ろしいひとことだった。

「おそらく」

今は十二月の第一週だから、たかだか三週間の人生しか当てにできないではないか。この結論に達したときに私が何を感じたかは黙っておこう。それだけは読者諸君にも秘密だ。

翌日、ライマー夫人が私の具合を尋ねるために再訪した。使用人から報告を聞いただけでは満足せず、会うのを承諾してほしいと頼んだようだ。わが家政婦長はいつもながら親切にもその伝言を伝えると夫人に約束した。彼女が意地悪な女だとしたら、こんな行動を取っていただろうか？

「ライマー夫人はひどくお困りみたいですね。どうも何か、旦那さまにしか話せないような家庭内の心配事に苦しんでいるようです」

心配事とはスーザンに関するものだろうか？　そう思っただけで決心がついた。私はライマー夫人に会うことにした。彼女に勝手に話をさせないようにしなくてはと思い、扉が開いたとたん、こう話した。

「気分がすぐれないから、できるだけ手短に済ませてもらえないかね。用件は何だい？」

こんな口調で話せば、もっと繊細な女性なら気を悪くしたことだろう。実のところ彼女は、訪問するにはタイミングの悪いときを選んでいた。私の病気の進行には波があり、気分が良い日もあれば悪い日もあって、この日は後者だった。おまけにその朝、伯父のせいで腹立たしい思いをしていた。伯父は主治医の忠告に従って南フランスで冬を過ごすことにし、その途中で会いに来てくれ、私にも転地療養を試してみるよう勧めた。ロンドンから三十マイルほどの田舎屋敷は自由に使ってもらってかまわないし、汽車は病人のためにベッドを用意してくれるから、というのだ。そんな骨を折る元気はありませんよ、と答えても無駄だった。伯父は、寝室から隣の部屋の肘掛け椅子まで移動できるくらい頑張れたのだから、もう少し強い意志を持てばわしの忠告にだって従えるはずだ、とまで言ってきた。互いにいらいらした状態で別れ、少なくとも私のほうはその苛立ちがまだおさまっていなかった。

「娘のことでお話がありまして」ライマー夫人は答えた。

私は、スーザンの名前が出ただけで落ち着きを取り戻し、娘さんはお元気ならいいんだが、と優しく言った。

「体は元気ですがね」とライマー夫人はもったいぶって告げた。「心はちっとも元気じゃありません」

どういうことか尋ねようとしたところで、使用人が午後の便で届いた手紙を手にして現れた。私は、そばのテーブルに置いておくよう、苛立たしげに言った。

「スーザンは何を悩んでるっていうんだ?」私は手紙を見ようともせずに夫人に訊いた。

「あなたの病気について心配してるんです。ああ、レペルさま、きれいな田舎の空気を吸いにいらしていただけませんかね。うちのスーザンに看病させてくだされればありがたいんですが」

なんとこの女も伯父と同じ考えだとは！　しかもスーザンに看病させるだと！

「何を考えてるんだ？　娘さんのような若い女の子がこの私を看病するだなんて！　スーザンの名誉をもっと大切にしてやるべきだ」

「あなたが何をすべきかってことならわかってますよ」彼女は、怒っているような驚いているような私をこっそり見ながらそんな妙な返事をした。

「続けなさい」私は言った。

「無礼だからといってたたき出そうっていうんですか？」

「話を聞くとしよう。私がどうすべきだって？」

「スーザンと結婚するべきです」

私にはその女の言葉がはっきりと聞き取れた。だが呆然としていたのはたしかだ。

「あの子はあなたのことで胸を痛めていましてね」ライマー夫人はせきを切ったように話し出した。「初めてわが家にいらっしゃったときから、ずっとあなたに恋してるんです。しまいには周りの連中に気づかれてしまうでしょうよ。あたしはやれるだけのことはしました。あきらめさせようとしましたし、あなたが別れを告げにいらしたときは、あの子に会わせないようにしたんですがね。手遅れでした。すでに困ったことになっていたもんで。娘が日に日に元気をなくし、あなたのことを思って人目を忍んでは泣き、夢の中では寝言を言う……そんな姿を見るなんてもう耐えられやしませんよ。はっきり申し上げないといけませんね。ええ、どれほど身分違いかはわかってます。何たってあの子はあなたの伯父さまの使用人の娘ですから。でも神さまの目から見れば平等ですよ。去年、ご主人さまの家の司祭さまはスーザンを改宗させたばかりですから、あの子はあなたと同じ敬虔なカトリック教徒なんです」

どうしてこんな話を続けさせておけようか？　もっと早く止めるべきだった。

「わざと私をだまそうとしているわけではないのかもしれないね。おまえ自身が思い違いをしているなら、私が本当のことを話すしかない。ロスシー氏は娘さんに恋をしているし、おまけに彼は確信しているが、スーザンも……」

「スーザンがあの方を愛してるですって？」彼女はあざ笑いながら口をはさんだ。「ああ、レペルさま、あなたのような賢明な方がそんな思い違いをされるなんてことがありえますかね？　うちの娘がロスシーさまに恋してるなんて！　あなたについて話してくださらなかったら、娘は二度とあの方を相手にもしなかったでしょうよ。ロスシーさまが小屋の周りをうろうろしているとき、私はご主人さまにこっそり文句を言ったぐらいでしたのに、あの方が門をくぐってさよならを言ったときも、娘は真っ青になって泣いたと思われるんですか？」

レペル卿にロスシーのことで文句を言ったただと。ついにこの女が何を考えてるかわかったぞ！

わが友もその一家も貧しいことを知ってるんだ。私がお人よしにもスーザンに目をかけてやったことを自分なりに解釈していたってわけか。身分の差を顧みず、病気が私をむしばんでいることにも気づかず、この女は今や、娘を私のような金持ちの妻にさせて、ロスシーとは別れさせようとたくらんでいるんだ！

「何を言っても無駄だ。ひとことだって信じないからな」

「だったらスーザンを信じてやってくださいな！」向こう見ずにもその女は叫んだ。「ここにあの子を連れてきますよ。あの子があまりに恥ずかしそうにして本心が話せないなら、顔を見てやってください。あたしの願いはそれだけです。あの子を見て、ご自分で判断してくださいな！」

これには我慢ならなかった。スーザンのためにも、ロスシーのためにも、何とかして黙らせることにした。「もうたくさんだ！　どんなに私を怒らせているると思ってるんだ。私が病気だってわからないのか？　いたずらにいらいらさせているのも気づかないのかね？」

彼女は口調を変えて、静かに言った。「待ちますよ。落ち着いてくださるまで」

それから窓際まで行くと、こちらに背を向けて立った。私が自由に体を動かせないことにつけ込んでいるのだろうか？　私は鈴を鳴らして使用人を呼んで、この女を追い払ってもらおうと手を伸ばしかけた。だがスーザンのことを考えると、母親を辱めるのは気が引けた。こんな衰弱している状態でどうやって結論が出せようか？　ひどく心が乱れていたので、どうにかしてほかのことを考えなければと感じた。周りを見回すと、テーブルの上の手紙にふと気づいた。何げなくそれを手に取り、何げなく下ろした。するとそのうちの二通の手紙が私の震えている指からすべり落ち、上のほうの手紙に目が留まった。宛先の筆跡は、ロスシーが共に航海している親友のものだ。

ロスシーのことを話していたちょうどそのときに、ずっと心待ちにしていた彼についての知らせが届いたわけだ。

私は手紙を開けて読んでみた。

「ぼくらの友人のことだが、望みはまずなさそうだ。（何か幸運な境遇の変化によって）彼が、思いを寄せている娘を妻にできるなら話は別だがね。自分の弱さに打ち勝とうとしていたものの、自らの盲目的な愛情に押しつぶされそうになっている。絶望しているのはたしかなようだ。痛ましい例を挙げるなら、二日前、ぼくが船室にいると、人が海に落ちたと急を知らせる叫び声が聞こえてきた。落ちたのはロスシーだ。ぼくが甲板に駆けつけたときには、ロスシーは泳げないと知っている航海長が、海に飛び込み、彼を助けたところだった。ロスシーは事故だと言い張っていて、ほかのみんなもそう信じているが、ぼくは彼の精神状態を知っている。心配することはない。しっかり彼を見張っているし、今すぐに見放すつもりはないから。ぼくらは順風に乗ってまだ南に向かっている。彼に見せたい新しい景色が何の効果もないとわかれば、残念ながら英国に連れ帰るしかない。考えたくないがその場合には、ひょっとして一ヵ月もすれば、きみは彼に再会することになるだろう」

ロスシーは一ヵ月後に戻ってくるかもしれない。本来なら自分を助けてくれるその力強さと意志に頼っていたであろう、たったひとりの友の死を聞くために。私がまだ残された短い人生を彼のために費やせなかったら、こんな事件が起きたのだからどんな結果になるか、わかりきってるじゃないか。どうやったら助けられる？　まったくもう！　どうすればいいんだ？

ライマー夫人は窓から離れ、さっきまですわっていた椅子にまた腰を下ろし、こう尋ねてきた。

「落ち着かれましたか？」

私は答えず、夫人を見もしなかった。

それでもまだあの女は目的を遂げるつもりらしく、不幸な娘を私に押しつけようとなおも努め、

「スーザンに会っていただけますかね？」ともう一度言った。

あの女がもう少し近くにいたら、私は手を出していただろう。「この恥知らず！　私が死にかかっているとわからないのか？」

「命のある限り希望もあるってもんです」とライマー夫人は答えた。

私は感情を抑えるべきだったが、できなかった。

「娘さんが私の金持ちの未亡人になる希望があるってことかね？」

あの女はすぐにとげとげしく答えた。

「そうなっても、スーザンはロスシーさまとなんて結婚しませんよ」

うそだ！　状況が好転すれば、スーザンがどうしたいかはロスシーから聞いてわかっていた。

視力を取り戻した男の目に光が飛び込んでくるように、ある考えが突然心に浮かんだ。スーザンが死にかかっている花婿とうわべだけ結婚の形を取るのに同意するなら、金持ちになったわが

未亡人はロスシーの妻になれるし、きっとなるだろう。もう一度ローマの劇を思い出して、病気と苦痛のせいでわずかとなった決意の残り火をめらめらと燃やした。あの架空の話の献身的な友は、高潔な目的を遂げるために死を当てにしていたが、失敗した。人間の裁きによって死刑を宣告されたものの、執行を猶予されてしまったからだ。私の場合は、あの男と同じ立場にあり、彼のような献身的な気持ちも抱いているうえに、神の裁きによって死を宣告されたのだから、先の展開をもっと期待できるかもしれない。

私が黙っているのをいいことに、その頑固な女はしつこくこう言った。「せめてスーザンに伝言くらい、いただけませんかね？」

私は軽率にも取り乱して、一瞬のためらいもなくこう答えた。

「スーザンのもとへ戻って、私が任せると言っていたと伝えなさい」

ライマー夫人はさっと立ち上がった。「妻になるかどうか、スーザンに任せるっていうんですね？」

「ああ」

「それでもしあの子が結婚を承諾するなら？」

「私も承諾するさ」

それから二週間と一日後に事はなされた。ロスシーが英国に戻ってくれば、スーザンを訪ねていくはずだ。そして金持ちで自由になった清らかなままの未亡人に会うことになるだろう。

第七エポック

私の行いがどう思われようと、これだけは弁解させてもらおう。私は、スーザンには事情を正直に話すべきだと心に決めていた。

ライマー夫人が帰ってから三十分後、スーザンに手紙を書いて、結婚を申し込んだのはただロスシーときみの将来のためだとはっきり伝え、最後にこう書いた。「もしきみが断るとしても、気持ちはよくわかるので安心しなさい。でも承諾するなら、お願いがある。きみの忠実な恋人のために、ぼくたちが犯すことにした冒涜については、お互い話さないようにしよう」

私はスーザンを信頼していたが、どうも買いかぶっていたようで、彼女の返事に驚き、がっかりした。つまり、彼女は承諾したわけだ。

結婚のことは、しばらくは絶対に秘密にしようと手紙に明記しておいた。私の死ぬ日か、ロスシーが戻ってくる日のどちらかまでと心に決めていたのだ。

次に取りかかったのは、この物語の前半で触れた司祭に内密に手紙を書くことだ。司祭は、レペル卿宅の礼拝堂でひそかに結婚式を執り行うことを引き受けてくれたが、彼なりの理由があるらしく、そういう気になった動機を公表させてほしいと頼んでも許してもらえなかった。回復する最後のチャンスとして私に転地療養を試してほしいという伯父の願いは、わが主治医に伝えられ、危険だと反対されたものの、私が田舎へ引っ込む正当な理由として役立った。私は駅まで運んでもらい、汽車が動くときの振動を感じないで済むようにと、特別客車の天井にロープでつるしたベッドに寝かせられた。忠実なモジーン夫人は付き添わせてほしいと頼んできたが、レペル卿の家政婦長の希望を尊重して、私は不本意ながら、望みには応じられないと夫人に断るしかなかった。卿の家政婦長は屋敷を一手に仕切るのに慣れていて、私が快適に過ごせるように準備万端整えていたのだ。モジーン夫人自ら、私が必要なものはすべて、療養中に飲むようにと処方された薬までも荷造りしてくれた。別れ際、かわいそうに、彼女は悲しみに沈んでいるようだった。

私はその旅を何とか乗り切った。幸いにも短いものだったし、予想していたより快適だった。到着してからの最初の数日間、郊外のきれいな空気のおかげでいくらか元気を取り戻しているような気がした。だが結婚の日が近づくにつれて、ふたたびひどい脱力感を覚え、生命力がゆっくりと衰えていった。結婚式は夜に執り行われ、スーザンと母親だけが参列した。この家のほかの人たちは、そんなことが起きているとは少しも気づいていなかったようだ。

その晩、司祭とライマー夫人が証人となり、私はベッドの中で新しい遺言書に署名した。モジーン夫人への遺贈を除く全財産を妻に遺すという内容だ。

当然ながら、体面を維持しなければならず、スーザンはそれまでどおり番小屋で寝泊まりした。だが彼女に、毎日数時間、常勤の看護師の手伝いとして付き添わせてほしいと頼まれたときには、とても拒めなかった。スーザンは私と二人きりになると、何か問いたげな心配そうな目をしていないときはいつも、深い愛情を示してくれた。そんなスーザンの態度は、形ばかりの結婚に同意してくれる気になった唯一の動機だと私が思い込んでいたものとは矛盾して思えた。枕元で何が起きているか観察できるくらい倦怠感に耐えられた際には、スーザンが言い渋っていたことを口にしたげにこちらを見るのに気づいたこともある。一度は彼女自身もこれを認めた。「話を聞いていただけるくらい元気になられたら、お話ししたいことがたくさんあります」またあるときには、私の苦しんでいる様子を見て、動揺しているようだった。私のそばで何か手当てでもしようとすると、彼女の優しい手は震え、粗相をした。使用人たちはそんな彼女の様子に気づき、こう言ったものだ。「あのかわいいお嬢さんは、この家の中で一番不器用な人間みたいですね」礼拝堂で結婚式が行われた次の日、このそそっかしいところのせいでハプニングが起こり、深刻な結果を招いた。

スーザンは、棚から私の薬がしまってある小さな箱を取り出す際に、その箱を床に落としてしまったのだ。薬のいっぱい詰まった瓶がまだ二つ残っていたが、どちらも粉々に砕けて、茶さじ一杯さえ助からなかった。

スーザンは自らの失態にショックを受けて、始発の汽車でロンドンの薬局まで行くよう申し出た。私はそれを許さなかった。極度の疲労による死が一日か二日早まったからといって、今となってはそれがどうだっていうんだ？　何の生きがいもないのに、薬で人工的に命を引き延ばす必要があろうか？　みんなを納得させる言い訳はたやすく見つかった。薬にはずっと前からうんざりしていて、このハプニングのおかげでこれ以上飲まない決心がついてね、と言った。

その晩、私はいつものようにしょっちゅう目が覚めることはなかった。翌日スーザンが部屋にやって来ると、私が元気そうなのに気づいた。その翌日、もうひとりの看護師も同じように感じた。週末には、私はベッドから出て、スーザンが本を読んでくれるあいだ炉端にすわっていられるようになった。こうした体調の不可解な変化は、医師たちの予想に反するものだ。私はロンドンまで主治医を呼びにやり、体調がよくなったのは処方してもらった薬を飲むのをやめた日からだと話し、「どういうことか説明できますか？」と訊いた。

医者は、自分の長年の経験においても、いわゆる「死からの復活」などというものは例のないことだと答えた。そして帰り際に、最新の処方箋を貸してほしいと言った。どうするつもりか私が尋ねると、医者はこう答えた。「薬局へ行って、薬がきちんと調合されたか確かめるつもりです」

私は、親身になって世話してくれたモジーン夫人には事の次第を報告しなければと思い、その日のうちに手紙を書いた。医者が話したことにも触れ、彼を訪ねていき、もう処方箋を薬剤師に見せたか、何か手違いがあったのかを確かめるように頼んだ。

その手紙はこれ以上ないくらい無邪気に書かれたものだ。だがなんと、モジーン夫人への不信感からそんな手紙を書いたのだと言ってきた連中もいる！

第八エポック

一度にひとつの問題、つまり、私の健康が驚くほど回復したという当面の問題しか考えられないほど病気で弱っていたのか、あるいは、スーザンと一緒にいることに引かれていく気持ちに逆らわなくてはと必死になっていたのか、私にはわからない。はっきりしているのはただ、ロスシーに対してひどい立場に置かれたことに、はたと気づき愕然としたときには、すでに数日たっていたことだ。説明できないが、とにかくそれが事実だった。

そのときスーザンは部屋にいたので、私が耐えきれない恐怖をあらわにして、突然青ざめたのを見逃しはしなかった。心配そうにこう尋ねてきた。「何を怖がっているんですか?」

彼女の声は聞こえていなかったと思う。私は芝居のことをまた思い出していた。ロスシーと私の人生の骨組みに徐々に忍び込んできた運命的なあの芝居を。第一幕の山場がまた鮮明に頭に浮かんできたが、わが友と私自身に災難が降りかかっているときに、そんなことを考えたくなかった。

「何を怖がっているんですか?」彼女は繰り返した。

私はひとことで答えた。彼の名前をつぶやいたのだ。「ロスシー！」

彼女は無邪気な驚いた顔で私を見て、静かに尋ねた。「あの方が何か不幸にでも遭われたんですか？」

「不幸だって」彼女はたしかにそう言ったのだろうか？　ロスシーの名前を持ち出されて、心を乱されたはずなのに。「ぼくは生きているんだ！」と私は言った。「生きているし……これからも生きられそうなんだよ！」

彼女は心からありがたいという気持ちをこめて、こう言った。「神に感謝します！」

彼女が驚いてこちらを見たように、私も驚いて彼女を見つめ返した。

「スーザン、スーザン」私は叫んだ。「告白しなければいけないかい？　きみを愛してるんだ！」

彼女は遠慮がちに喜びの色を目に浮かべて近づいてきた。口元には以前見たこともないようなかすかな笑みが浮かんでいる。

「おかしな言い方をするんですね」彼女はつぶやいた。「もちろん愛してくださっているはずですよね？　フランス語のレッスンをしてくださった最初の日からずっと……私もあなたを愛しているに決まってるじゃありませんか」

「このぼくを愛してるだって？」私は繰り返した。「読んだよね……？」そこで声が出なくなり、あとが続かなかった。

彼女は真っ青になった。「何を読んだっていうんですか？」

「ぼくの手紙さ」

「何の手紙です?」

「結婚する前にきみに書いた手紙だよ」

私は臆病者なんだろうか? それからどんなことが起きたかを思い出すだけで震えてくる。時は過ぎ、今や私は生まれ変わった。健康を回復し、幸せが保証されているのだから、書き続けることくらいできるはずだ。いや、やはりできない。何だって冷静に考えられるだろう? とびきりかわいくて誠実な女性に私がまったく無邪気に与えた苦しみをあえて記録するなんてまねができようか? 結婚した動機が彼女に知られたときにすでに私が告白していなければ、私たち二人は死に別れるのと同じくらい完全な別れを強《し》いられるところだった。私がスーザンに「愛している」と言ってから求婚した言葉によって、彼女の飾らない愛の告白は、正当と認められ称《たた》えられるものとなったのだ。

スーザンは立ち上がって部屋から出ていこうとした。私たちは黙っていたが、最後にちらりと視線を交わしながら、しばらく距離を置き、ロスシーが戻ってきた後に来るべき最後の審判の日を観念して待とうと心に決めた。そのとき、この家に続く私道で馬車の車輪の音が聞こえたかと思うと、まさにロスシーが部屋に入ってきた。

彼はまずスーザンを、次いで私を見た。私たち二人が動揺しまいと耐えているが、まだ落ち着きを取り戻していないのを察したようだ。疲れ果てた様子で扉の近くでためらいがちに待っていたが、こう尋ねてきた。

「おじゃまかい？」

「ぼくたちはきみのことを考えていたし、話していたんだ。ちょうどきみがやって来る前にね」

「ぼくたちだって？」ロスシーはもう一度スーザンのほうを向きながら、私の言葉を繰り返した。そしてちょっと間を置いてから、私に手を差し出しかけたが、引っ込めて、こう言った。

「握手してくれないんだね」

「その前に、ぼくらが今までと変わらず親友でいられることを確かめたいんだよ」

三たび、彼はスーザンを見て、訊いた。

「きみは握手してくれるよね？」

スーザンは手を差し伸べて心をこめて握手に応じると、「ここにいてもいいですか？」と私に尋ねてきた。

そのときの私には、彼女がそう言ったのは高潔な目的があってのことだと理解できた。だが彼女はすでに十分苦しんでいた。そこで私は優しく扉のところまで彼女を連れていき、ささやいた。「下の書斎で待っていたほうがいいと思うよ」彼女はためらった。「この家の人たちは何て言うでしょう？」使用人や、自分をまだ同類だと思っている下々の者たちのことを考えると気が進まないようだ。「今さら何と言われようと問題じゃないさ」私がそう言うと、彼女は出ていった。

「きみたち二人には何か隠し事があるようだね」二人きりになるとロスシーは言った。

「それが何なのか聞かせてあげよう」と私は答えた。「でもまず自分の話をさせてもらいたいんだ」

「きみの健康のことかい？」

「ああ」

「その必要はまったくないさ、レペル。今朝、きみの主治医に会ってね。医者たちが話し合ったところ、年内にきみが死ぬだろうという結論を下したそうだな」

ロスシーはそこで言いよどんだので、「ところが医者たちの判断は間違っていたんだ」と私は付け足した。

「正しかったかもしれないよ」ロスシーは言い返した。「薬がこぼれたハプニングがあったせいで、きみが失望してもう薬を飲まないことに決めなかったらね」

私はとうてい理解できずこう言った。「ぼくが薬を全部飲んでいたら、死んでいたとでもいうのかい？」

「きっとそうなったろうね」

「どういうことか説明してもらえないか？」

「先にきみの説明を聞かせてほしいね。この部屋でスーザンに会うとは思わなかったし、彼女の顔には泣いた跡が見えてびっくりしたよ。ぼくの留守中に何か起きたんだな。ぼくと関係あることかい？」

「ああ」

私は気をしっかり持って静かにそう言った。それまでに切り抜けてきた、忍耐の試される苦難のおかげで、いつもの感覚が麻痺していたようだ。今や落ち着いて毅然と告白するべきときが迫っていた。真実が明らかになった際に最悪の事態が起こるかもしれないのは覚悟の上だ。

私は続けた。「ぼくがどうしてもきみの役に立ちたがって、スーザンを金持ちにしてきみの妻にしてあげようと申し出たときのことは覚えているかな？」

「ああ」

「ローマで一緒に観た劇について考えているのかとぼくに尋ねたのはどうだろう？　今でも当時のようにあの話を思い浮かべられるかい？」

「はっきり覚えてるさ」

「ぼくが侯爵の役を、そしてきみが伯爵の役を演じているわけかと尋ねたよね。ロスシー！　あの想像上の人物である侯爵が友に対して献身的な愛情を注いだように、ぼくもきみに尽くしてきたし、自分が死ねば友のためにやってきたことが正しいと認められるだろうと侯爵が確信していたように、このぼくも信じていた。そしてその試みが侯爵には失敗に終わったように、ぼくも失敗し、きみに対してこんなにひどい立場に立たされてるんだ」

「気でも違ったのか？」ロスシーは厳しい口調で訊いた。

私は黙ったまま、彼が怒り出すのを見て見ぬふりをした。

「きみがスーザンと結婚したとでも言うつもりかい？」ロスシーは続けた。

「これだけは覚えておいてほしいが、ぼくは彼女と結婚したとき、死ぬ運命にあったんだ。いや、というよりは、神に誓って言うが、きみのために死を歓迎さえしていたさ」私は言った。

彼は無言でこちらに近づいてくると、片手を上げて脅すような身ぶりをした。

私はその様子を見たとたん落ち着きを失い、子供のように考えもなく言った。

「思ったようにやるといいさ。殴ってくれよ」

ロスシーは手を下ろした。

「殴れよ」私は繰り返した。「そうすれば、ぼくらはこの居たたまれない状況から抜け出せるかもしれないんだから。勝負を挑んでほしいなら望むところだ。大陸ではまだ決闘は行われているからね。きみと一緒に海外に行ってもいいよ。ピストルにしよう。外国流に命を賭けて戦うように手配するし、わざと外すよ。彼女をぼくが望んでいた身分にしてあげてくれ……金持ちの未亡人にね」

彼は私を一心に見つめ、あざけるように訊いた。

「それがきみの手なのかい？　だめだ！　自殺の手助けなんかしてやるもんか」

神よ、許したまえ！　私は向こう見ずにもやけを起こし、何とかして彼を怒らせようとした。

「考え直してくれ。それに思い出してみろよ。きみだって自殺しようとしたじゃないか」

ロスシーはさっと扉のほうに顔をそむけた。自分が取り乱すのを恐れているかのようだ。

「スーザンと話したいんだが」彼はこちらに背を向けたまま言った。

「書斎へ行けば会えるよ」

ロスシーは部屋から出ていった。

私は窓辺へ行き、窓を開け、ほてった頭を冷たい冬の風に当てた。どのくらいの時間そこにすわっていただろうか。ロスシーが玄関の石段を降りていくのが見えた。屋敷の門へと足早に歩いている。がっくりとうなだれ、一度たりとも後にした私の部屋を振り返らなかった。

彼の姿が見えなくなると、私は肩にそっと手を置かれるのを感じた。スーザンが戻ってきたのだ。

「あの方はもうおいでにならないでしょうけど、これからも懐かしいお友だちとして覚えておくようにするんですね。これまでのことは水に流してもらいたいとおっしゃっていましたから」

スーザンはわれわれの仲を取り持ってくれていた。私は深く心を打たれ、目に涙を浮かべて彼女を見た。彼女は額にキスしてくれると、出ていった。後になって、ロスシーと書斎で話したときに何があったのかと彼女に訊いても、二人が話したことを教えてもらえなかったし、これからも話してもらえないだろう。それでいい。

その日の午後遅く、ライマー夫人がお見えです、「あいさつ」をしたがっておられますが、と使用人に言われた。

私は夫人に会うのを拒んだ。会ってほしいと要求してくるどんな権利があの女にあったにせよ、スーザンに宛てた私の手紙を盗み見た恥ずべき行いのせいで、そんな権利などすでに失っていると私は思っていた。その晩、夫人から、私の伝言を受けて傷ついたと訴える手紙が送られてきた。

手紙はいかにもあの女らしく締めくくられていた。

「誇り高いあなたにどれほど嫌われようと、私がずっと望んできた高い地位を得られたのはあなたのおかげです。会うのは拒めても、私が紳士の義母になることは防ぎようがありません」

それからまもなく、私は予期せぬ訪問を受けた。ロンドンで忙しく過ごしていた主治医が、会いにきてくれたのだ。いつになく気がめいっているようだ。

「何か悪い知らせでも伝えにきたんじゃないでしょうね」私は言った。

「ご自身で判断するんですね。自分では言えないからとロスシー氏から伝言を預かってきました」

「ロスシーはどこにいるんですか?」

「英国を出ていかれましたよ」

「どうしてかご存じです?」

「ええ。救援隊に加わるために出航したんです。決死隊とでも言うべきでしょうな。中央オーストラリアの行方不明の探検隊を探すためのものですから」

つまり彼は、バークとウィルズが命を落とした道をたどって、自らも死のうとしているわけだ。私はとうてい話す気になれなかった。

医者は、私が黙っているのにはわけがあり、それに気づかないほうがいいだろうと察し、話題を変えた。

「ロンドンのご自宅の留守を任せている使用人たちから便りがありましたか?」

「何かあったんですかね」

「彼らが明らかにあなたに話したがらないことが起きまして。モジーン夫人を高く評価されていらっしゃると知っていますからね。夫人は急に暇を取って、出ていったんですよ。どこへ行ったか、誰も知りません。彼女があなた宛てに残した手紙を預かってきました」

医者から手紙を渡された私は、気を取り直すとすぐにその手紙を見た。

宛名の上には、「ご主人さまに宛てて。帰宅されるまで開封しないこと」と記してある。本文はほんの数行しか書かれていない。

「窮地に追い込まれたもので、おいとましなければなりません。詳しい説明はご容赦ください。お許しを請うと共に、ご親切に心から感謝し、お幸せを切にお祈りいたします」

それだけだったが、日付に特に興味を引かれた。モジーン夫人がこの手紙を書いたのは、すでにご紹介した、私からの手紙を受け取ったはずの日だったからだ。

「彼女がどうして辞めたかご存じではありませんか?」と私は訊いた。

「理由は二つ考えられます。ひとつは、おたくのメイドたちから聞いたものですが、ばかげていましてね。いい年をしたモジーン夫人が、下僕の若者に恋したというのです! 夫人は、妻にしてくれたら持参金をあげると下僕に話して、自分を売り込もうとしていたところ、すでに婚約していると断られたために家を出ていったとうわさしていまして」

私は、うちのメイドたちが話したことをこれ以上口外しないでほしいと頼んだ。

「もうひとつの理由も取るに足らないものなら……」と私が付け加えると、医者は口をはさんだ。

「もうひとつの理由は、ロスシー氏からうかがったのですが、とても深刻なものです」

ロスシーの意見なら尊重しないわけにはいかず、私は尋ねた。

「彼はどう考えているんですか？」

「びっくりするようなお考えです。あなたの症状と、私が使った薬にロスシー氏が興味をお持ちになっていると話したのを覚えておいでですか？　よろしい！　あなたが不可解にも回復されたのは、毒が混ぜられた薬を飲まなくなったおかげだと説明していらっしゃいます。おそらく毒は少量ずつ盛られ、ばれるのを恐れて時々中断されたのだと。つまり犯人はモジーン夫人だと主張なさっているんですよ」

これには憤りを覚えたが、その気持ちをあらわにするわけにはいかなかった。ロスシーに対する私の立場を考えたらやむなく我慢した。

医者は続けた。「モジーン夫人は、あなたが亡くなったら遺産をもらえそうだと知っていましたか？」

「もちろんです」

「夫人には、あなたが利用されている薬局で調剤師をしている弟がいますか？」

「ええ」

「私が正しく処方箋が調合されたかを疑っていて、調査するつもりでいると彼女は知っていましたか？」

「手紙で知らせてやりました」

「私が薬局に行ったら、夫人の弟のもとへ回されたのですが、弟はそのことを彼女に話したと思います？」

「弟さんが何をしたのか知りようがありませんよ」

「でしたらせめて、いつ彼女があなたの手紙を受け取ったか教えてくださいませんか？」

「わが家を出た日に受け取ったはずです」

医者は浮かぬ顔で立ち上がると、こう言った。

「これはかなり驚くべき偶然ですね」

私はただこう答えた。「モジーン夫人には毒を盛るなんてまねは断じてできません」

医者は私に別れを告げた。

ここで改めて言うが、私は家政婦長が無実だと確信している。彼女を責める残酷な行為には抗議するし、急に暇を取った動機は何にせよ、まだ彼女を憐れに思い、高く評価していると断言しておく。彼女がこの話を目にしたらぜひ戻ってきてほしい。

最後に、救援隊が無事に帰国したと聞いたことを付け加えなければならない。妻も私も願うように、時がたてばいつかは、スーザンの愛を期待したのは間違いではないとロスシーは納得してくれるだろう。もっとも、妹が兄に対して抱くような愛ではあるが。

それまでのあいだ、私たち夫婦はここにいない友を思い出させてくれる品を持っていよう。例の絵を買ったのだ。

訳者あとがき

ウィルキー・コリンズ（一八二四―八九）は、イギリスのヴィクトリア朝時代の人気作家です。代表作の長編、『白衣の女』*The Woman in White* と『月長石』*The Moonstone* は広く知られ、イギリス国内外問わず、映画、ドラマ、劇でも何度となく題材となっていますが、コリンズは、ほかにも二十余りの長編を始め、中編、戯曲、数多くの短編を残しています。また、文豪チャールズ・ディケンズ（一八一二―七〇）とは親しい友人であることでも知られ、二人は数々の作品を合作し、頻繁に国内や海外を旅して回るほどの仲で、互いの才能を認め影響し合っていましたし、コリンズの弟チャールズとディケンズの娘ケイトは結婚しましたから、親戚関係でもありました。とはいえ、ヴィクトリア朝時代を代表する作家と称されるディケンズに比べて、コリンズは、日本では知名度に欠けるようで、邦訳されている作品はそう多くはありません。そこで、コリンズの魅力をもっと皆さんに知ってもらいたいと思い、多彩な作品を収めた短編集となるように、訳出する作品を五つ選びました。どれもコリンズのストーリーテーラーぶりが発揮されているものばかりです。

一八六〇年に出版された『白衣の女』は、その扇情的な内容から「センセーション・ノベル」と称されました。この「センセーション・ノベル」は、特に、中流階級の家庭内の秘密、犯罪、不義といった題材を内容とした小説ジャンルで、当時は、文学としては低俗なものとして軽視されることもあったものの、大衆からは絶大な人気を得ました。このジャンルの作品を数多く手がけたコリンズは、エンターテイメント性に優れていると言えますが、そのことは本書を通じてよくご理解いただけるでしょう。また、ヴィクトリア朝英文学は古めかしくて堅苦しいのではとこれまでは敬遠されていた方々にも、お茶でもしながら気軽に読んでいただけるラインアップになっているのではないかと思います。

以下に、本書に収録された五つの物語についてご紹介しましょう。

第一話　「アン・ロッドウェイの日記」***The Diary of Anne Rodway***

一八五六年、ディケンズ主宰の週刊誌『ハウスホールド・ワーズ』*Household Words* に掲載。一八五九年には、「オーウェンの物語――アン・ロッドウェイの日記から」Brother Owen's Story of Anne Rodway［Taken from Her Diary］に改題され、短編集『ハートの女王』*The Queen of Hearts* に収録。

一八六八年に出版されたコリンズの『月長石』は、後にT・S・エリオット（一八八八－一九六五）から、「英国で最初の、最も長い、最も優れた探偵小説」と絶賛されましたが、その十二年前に世に出たこの短編は、女性探偵が登場する英国初の小説ではないかとも言われています。事件が解明されたのは緻密な推理によるものではなく、むしろ偶然によるものですから、本格的な探偵小説とまではとても言えませんが、親友の突然の死を不審に思い、わずかな手がかりから自力で真相を解明しようとするヒロインの信念の強さ、優しさ、勇気には心引かれずにいられません。ディケンズは本作品を大いに気に入ったようで、汽車の中でこの原稿を読んでいた際に、不意に泣き出してほかの乗客を驚かせたという逸話まで残っています。このこともひとつのきっかけとなって、ディケンズは、コリンズを自分に匹敵するくらい価値のある作家だと認め、自ら主宰する週刊誌『ハウスホールド・ワーズ』に、従来のように寄稿者としてだけではなく、正規スタッフとしても迎え入れようと思うに至りました。

また、この作品が興味深いのは、コリンズが日記体小説（日記の形式で書かれた小説）を取り入れた初めての例でもある点です。日記の中でヒロインがその時々の思いのたけをありのままに語ることによって、読者は彼女と同じ体験をしている錯覚を覚えることでしょう。

コリンズは、本短編において、貧しい境遇にあるお針子や雑働きの女性たちに惜しみない愛情を注ぎ、息吹を吹き込んでいますが、こうした傾向は後の作品でもよく見られます。このこともコリンズが一般読者に広く受け入れられた一因ではないでしょうか。

第二話　「運命の揺りかご——ヘビーサイズ氏の切ない物語」

The Fatal Cradle: Otherwise the Heart-Rending Story of Mr. Heavysides

一八六一年、ディケンズ主宰の週刊誌『オール・ザ・イヤー・ラウンド』*All the Year Round* のクリスマス特集号に「海上での拾い物」Picking up Waifs at Sea というタイトルで掲載。一八七三年には本タイトルに改題され、短編集『ミスかミセスか?』*Miss or Mrs? and Other Stories* に収録。

一八五九年になると、ディケンズは、『ハウスホールド・ワーズ』に代わり、週刊誌『オール・ザ・イヤー・ラウンド』を創刊し、自ら『二都物語』*A Tale of Two Cities* を連載します。次いでコリンズの『白衣の女』の連載も始まり、そのおかげでこの雑誌は飛躍的に売り上げを伸ばしました。コリンズは、『ハウスホールド・ワーズ』に引き続きこの雑誌にも次々と作品を発表していき、一八六八年には『月長石』の連載も始まります。

この『オール・ザ・イヤー・ラウンド』に掲載された本作品は、一風変わったユーモラスで風刺のきいた話です。運命やアイデンティティーといったコリンズお得意の題材を扱い、著者自身も気に入っていた物語のひとつだったようで、多彩な作風で描けるコリンズの柔軟性がよく表れています。

一方でこの作品は、副題にもあるとおり、ペーソス漂う「切ない物語」でもあります。同じ船に乗り合わせた身分の違う家庭の母親二人が、船上でほぼ同じ時刻に赤ん坊を産むことになり、混乱した状況の中で赤ん坊二人が取り違えられます。解決方法は何とも滑稽ですが、その結果たるものは痛ましい限りです。二〇一三年には、日本でも「赤ちゃん取り違え」事件が起き、「恵まれた環境に生まれたはずが、貧しい家庭で育てられることになった」と言って、六十歳の男性が生まれた病院を訴えたことが話題になりましたが、この作品はそれと驚くほど状況が似ていて、古今東西、こうした悲劇はなくならないものだなと考えさせられます。

第三話「巡査と料理番」***Mr. Policeman and the Cook***

一八八〇年、ニューヨークの週刊新聞『スピリット・オブ・ザ・タイムズ』*The Spirit of the Times* に「誰がゼベダイを殺したのか?」*Who Killed Zebedee?* というタイトルで掲載。一八八一年、ニューヨークの定期刊行誌『シーサイド・ライブラリー』*Seaside Library* に転載。一八八七年には本タイトルに改題され、『小品小説集』*Little Novels* に収録。

コリンズの作品は大西洋を渡ってアメリカでも出版され、『白衣の女』にいたっては、ニューヨークのある出版社だけで十二万部も売れるほどの人気ぶりでした。一八七三年の秋から翌年の春にかけて、コリンズは、その六年ほど前にアメリカで朗読旅行を行って成功したディケンズにならって、各地で朗読会を開こうとアメリカやカナダを訪問します。その際にはマスコミや大衆から大歓迎を受け、マーク・トウェイン（一八三五－一九一〇）を始めとした著名人たちにも出会いました。このようにアメリカでも人気を得ていたコリンズは、一八七六年から一八八七年にわたって毎年、ニューヨークの上流階級向けの週刊新聞『スピリット・オブ・ザ・タイムズ』にクリスマスストーリーを寄稿しました。本書の第三話から第五話まではその一部です。

この作品は、短編ながら、コリンズの秀逸な探偵小説のひとつと言えるでしょう。若い巡査が殺人事件に初めて遭遇し、事件が迷宮入りに終わってもなお、何とか独力で解決して昇進を果たそうとしていくうちに、思いがけないことから真相をつかみます。

また、この殺人事件では、当初、被害者の妻が夢遊病にかかっている最中に夫を殺したと自白しますが、コリンズは「夢」という現象に興味があったようで、ほかにも夢を題材にした作品を残しています。長編では、『月長石』や『アーマデイル』*Armadale*、短編では、『夢の女』*The Dream Woman* などが挙げられます。

コリンズは情景描写に優れ、劇作家としても評価されました。この作品では、臨終の告白で始まる静かなプロローグから、第一章で場面が一転し、魅力的な料理番の娘が警察署に飛び込んできますが、その辺りのシーンは特に印象的に描かれ、読者は一気に物語の世界へと引き込まれていくことでしょう。このシーンは、本作が収録されたヘスペラス・クラシックス版 Hesperus Classics（二〇〇三年発行）に英国の俳優マーティン・ジャーヴィス（一九四一－）が寄せたまえがきによると、「映画のように視覚に訴えてくる」ものになっています。こうしたウィルキー・コリンズの描写の巧みさには、高名であった風景画家の父ウィリアム・コリンズの影響がうかがえます。ちなみにジャーヴィスは、この作品を映画化するなら、料理番はケイト・ウィンスレット（一九七五－）、巡査はジュード・ロウ（一九七二－）に演じてもらいたいそうです。そんな想像をしてこの作品を味わうのも一興でしょう。

第四話　「ミス・モリスと旅の人」 ***Miss Morris and the Stranger***

一八八一年、『スピリット・オブ・ザ・タイムズ』に「彼と結婚したいきさつ」How I Married Him というタイトルで掲載。一八八二年、ロンドンの月刊誌『ベルグレーヴィア』*Belgravia* に転載。一八八七年には本タイトルに改題され、『小品小説集』に収録。

コリンズの作品には、聡明で快活で自立した女性がよく登場しますが、この短編もその典型です。住み込みの女家庭教師であるヒロインは、かつて道に迷っていたところを助けた旅人と思いがけず再会を果たし、素っ気ない態度を取りながらも徐々に彼に惹かれていき、エンディングでは、当時の女性としては珍しい思い切った行動を取ります。コリンズがこれほど女性を好意的に生き生きと描けるのは、母親、ハリエットの影響によるところが大きいようです。ハリエットは知的で活発で情の深いところがありましたが、そうした母への愛情と敬意がこうした魅力的なヒロインたちを生んだのでしょう。興味深いのは、コリンズが一八五九年に出会い、途中で二年間別居していた時期があるものの、亡くなるまで同居を続け、同じ墓に眠ることになったキャロライン・グレイヴズも、母親のように知的で活発な女性だったことです。『白衣の女』は、このキャロラインとのエピソードをもとにして書かれたのではないかと考えられています。ただしコリンズにはマーサ・ラッドという若い愛人もいて、このマーサとのあいだには三人の子をもうけました。こうしたことから、コリンズがヴィクトリア朝の古い因習に捉われずに、自由な生き方を好んだこともうかがえます。

この作品は、コリンズの得意とするセンセーション・ノベルとは趣を異にする、読後感のすがすがしいラブストーリーとなっています。コリンズは、筋運びの巧みさに秀でたエンターテイメント作家である一方、魅力的な人物が登場する、心温まる物語を描く純文学作家でもあるということが本短編を通じてお分かりいただけるのではないでしょうか。

第五話　「ミスター・レペルと家政婦長」**Mr. Lepel and the Housekeeper**

一八八四年、『スピリット・オブ・ザ・タイムズ』に、一八八五年には『イングリッシュ・イラストレイテッド・マガジン』*English Illustrated Magazine* に「門番の娘」The Girl at the Gate というタイトルで掲載。一八八五年に『シーサイド・ライブラリー』に転載され、一八八七年には本タイトルに改題され、『小品小説集』に収録。

コリンズの業績としては、二つの偉大な長編、『白衣の女』と『月長石』を始めとした前期作品ばかりが注目されがちですが、最近では後期作品も見直されています。そうはいっても、邦訳されているものはまだ数少ないので、亡くなる五年前に発表されたこの短編も訳出してみました。コリンズは長年、持病の痛風やリウマチに悩まされ、床に伏せることが多く、痛みを和らげようと飲んでいたアヘンの副作用にも苦しめられましたが、こうした逆境にもめげず、命ある限りペンをとり続けました。そこで作家としてのキャリアは、デビュー作『アントニナ』*Antonina*（一八五〇）から死後に出版された『盲目の愛』*Blind Love*（一八九〇）に至るまで実に四十年もの長きにわたりました。これは同時代を代表する作家、ジョージ・エリオット（一八一九—八〇）、トーマス・ハーディ（一八四〇－一九二八）、アンソニー・トロロープ（一八一五－八二）、ディケンズなどを上回る年数となります。

この作品は主に「運命」をテーマとした作品だと言えるでしょう。主人公とその親友の青年紳士は、旅先のイタリアで観た劇とよく似た数奇な運命をたどっていきます。このように登場人物たちが運命のいたずらに翻弄される姿を描くのも、コリンズの得意とするところで、『夫と妻』*Man and Wife*、『アーマデイル』といった長編小説でも運命が重要な鍵を握りますし、この短編集全作品に共通するテーマでもあります。

またこの作品は「結婚」もテーマにしていますが、リンカンズ・イン法学院で法律を学んでいた経歴を持つコリンズは、英国の婚姻制度に高い関心を示し、結婚を題材にしている作品を挙げたら切りがないほどです。結婚に対して疑問を感じていたからこそ、コリンズは二人の愛人を持ちながらも生涯独身を貫いたのかもしれません。

この作品に登場する門番の娘は、「アン・ロッドウェイの日記」のヒロインたちと同じく下層階級の女性ですが、好きな男性に対して一途に愛を注ぐひたむきさや、時には母親のような優しさと包容力をもって接するところは、やはりコリンズの母、ハリエットを彷彿とさせます。先にも述べましたように、コリンズの作品にはこうした魅力的な女性が頻繁に登場しますが、それによって多くの女性読者の心もつかむようになり、読者層をいっそう広げたのでしょう。

コリンズの短編集、いかがだったでしょうか。短編とはいえ、コリンズの魅力が凝縮されたこの作品群をきっかけにして、コリンズのほかの作品も手に取ってみようと思っていただけたらと願ってやみません。

最後になりましたが、本書の翻訳を提案してくださり、全般にわたって懇切丁寧にご指導くださった恩師である翻訳家の藤岡啓介先生、そして、本書の完成に向けて、ご尽力いただくとともに、温かく見守ってくださった編集者の若田純子さんに心からお礼を申し上げます。

二〇一六年一月

北村みちよ

【著者】

ウィルキー・コリンズ（Wilkie Collins）

1824 - 1889年。イギリス・ヴィクトリア朝の小説家、劇作家。長編推理小説やセンセーション小説を世に送り出し、とくに『白衣の女』『月長石』などが大人気を博した。短編も多数執筆している。

【編訳者】

北村 みちよ（きたむら みちよ）

翻訳家。ニーナ・ウェグナー『英語で聞く 世界を変えた女性のことば』（IBCパブリッシング、2014）、ジョン・ラッセル『エーリヒ・クライバー 信念の指揮者、その生涯』（共訳、アルファベータ、2013）など。

ウィルキー・コリンズ短編選集《たんぺんせんしゅう》

2016年2月29日　第1刷発行　　　定価はカバーに表示してあります。

著　者　ウィルキー・コリンズ

編訳者　北村みちよ

発行者　竹内　淳夫

発行所　株式会社　彩流社

〒102-0071　東京都千代田区富士見2-2-2

電話 03-3234-5931 ／ FAX 03-3234-5932

ウェブサイト http://www.sairyusha.co.jp/

メール sairyusha@sairyusha.co.jp

印刷　モリモト印刷㈱

製本　㈱難波製本

装幀　仁川範子

ISBN978-4-7791-2192-0 C0097

時代のなかの作家たち4

チャールズ・ディケンズ

アンドルー・サンダーズ 著
田村真奈美 訳

ヴィクトリア朝文学を代表し、当代きっての人気を誇った文豪ディケンズ。現在も愛される作家の生涯、人物像から、同時代の都市ロンドンの様相、階級・社会や文化までを通覧し、作品の本質や背景を探るとともに、これまでいかに読まれたか、これからいかに読めるかなどもわかりやすくまとめる。

（四六判上製・三八〇〇円＋税）

時代のなかの作家たち7

ウィルキー・コリンズ

リン・パイケット 著
白井義昭 訳

「最初の、最長の、最良の現代イギリス探偵小説」（T・S・エリオット）と評された『月長石』や『白衣の女』などで一八六〇年代に一躍人気作家となったウィルキー・コリンズ。メスメリズムや離婚法などヴィクトリア朝の社会や文化を丹念にながめながら、彼の文学の秘密に迫る。文学研究に必携。

（四六判上製・三八〇〇円＋税）

牧師たちの物語

ジョージ・エリオット 著／小野ゆき子、池園宏、石井昌子 訳

【ジョージ・エリオット全集1】 ユーモラスながら哀感漂う「エイモス・バートン師の悲運」、ゴシック・ロマンスの味わいの「ギルフィル師の恋」、そして現代的とすらいえるテーマ（夫婦の軋轢、家庭内暴力、アルコール中毒）を扱った「ジャネットの悔悟」。大作家エリオットのデビュー作。解説・惣谷美智子。

（A5判上製・五五〇〇円＋税）

スペインのジプシー 他2編 とばりの彼方、ジェイコブ兄貴

ジョージ・エリオット 著／前田淑江、早瀬和栄、大野直美 訳

【ジョージ・エリオット全集9】 スペイン・アンダルシア地方を舞台にジプシーの女王フェダルマの悲恋を描いた劇詩。コントラスト際立つ二つの短篇小説（ミステリー仕立ての「とばりの彼方」と、哄笑を響き渡らせる喜劇的色調豊かな「ジェイコブ兄貴」）を併録。解説・玉井暲、廣野由美子。

（A5判上製・五〇〇〇円＋税）

ユーカリ林の少年

D・H・ロレンス、M・L・スキナー 著
大平章、戸田仁、青木晴男、田部井世志子 訳

本国イギリスの農業学校から追放され、「罪人」の心境でオーストラリアの農場で働くことになったジャック。やがて文明に汚染されていない無垢の自然に出会い、自分の「内なる魂」に忠実に生きようと決意する。文明社会と野性の相剋を描いたロレンス〝最大の問題作〟、ついに邦訳なる！。

（四六判上製・四五〇〇円＋税）

トルコ軍艦エルトゥールル号の海難

オメル・エルトゥール 著
山本雅男、植月惠一郎、久保陽子 訳

その悲劇は近代日本の上昇期、南海熊野の海で起こった。トルコ人なら誰でも知っている「エルトゥール号」の悲劇と日本との絆を、綿密な調査で現代に甦らせた歴史物語！

（四六判上製・二三〇〇円＋税）

見えない流れ

エムナ・ベルハージ・ヤヒヤ 著／青柳悦子 訳

チュニジアの首都チュニスを舞台とした、兄ヤーシーンの「ありふれた日常」と妹アーイダの恋——なにげない生活や光景のモザイクを、輝きを放つ言葉としなやかな感性で紡ぐ傑作小説

（四六判上製・二三〇〇円＋税）

青の魔法

エムナ・ベルハージ・ヤヒヤ 著／青柳悦子 訳

「私は違うやり方を見つけるの。どういうやり方だか、今はまだわからないけれど」——仕事も恋もうまくいかない「私」に訪れた小さな奇跡……。現代の若者の葛藤と希望をあざやかに切り取った群像劇。

（四六判上製・二〇〇〇円＋税）

それはどっちだったか

マーク・トウェイン 著／里内克巳 訳

グロテスクで残酷な笑いと悪夢の物語――マーク・トウェイン晩年の幻の「傑作」、本邦初訳！ 南北戦争前のアメリカ南部の田舎町で、〈嘘〉をつくことによって果てしなく堕ちていく町の名士の行く末。

（四六判上製・四〇〇〇円＋税）

コーラス・オブ・マッシュルーム

ヒロミ・ゴトー 著／増谷松樹 訳

祖母と孫娘が時空を超えて語り出す――マジックリアリズムの手法で描く、日系移民のアイデンティティと家族の物語。コモンウェルス処女作賞・加日文学賞を受賞した「日系移民文学」の傑作！

（四六判上製・二八〇〇円＋税）

山の大いなる怒り

シャルル＝フェルディナン・ラミュ 著／田中良知 訳

アルプスの山村で、村の繁栄のために牛の放牧地として選ばれた山。しかしそこは、災厄を招く場所として古くから言い伝えられてきた土地だった。スイスの国民的作家ラミュによる環境文学の傑作。

（四六判上製・二八〇〇円＋税）

アフター・レイン

ウィリアム・トレヴァー 著
安藤啓子、神谷明美、佐治小枝子、鈴木邦子 訳

アイルランドが生んだ現代最高の短編作家、円熟期の作品。多弁を避け、行間ににじませる余韻によって余すところなく登場人物の意識の動きを描ききる、表題作を含めた珠玉の12編。

（四六判上製・二八〇〇円＋税）

五つの小さな物語　フランス短篇集

アナトール・フランス 他著／あやこの図書館 編訳

まだ見ぬ世界に憧れる子どもたち、そっと見守るおとなたち……。A・フランス、リシュタンベルジュ、バザン、エモン、そしてドレームの優しく、ときに切ない、滋味に溢れた珠玉のフランス文学小品集。

（四六判並製・一五〇〇円＋税）

愛の深まり

アリス・マンロー 著／栩木 玲子 訳

平凡な人々のありふれた日常。ささやかな日常の細部からふと立ち上がる記憶が、人生に潜む複雑さと深淵を明らかにし、秘められた孤独感や不安をあぶり出す——表題作「愛の深まり」など11編。

（四六判上製・三〇〇〇円＋税）